시조로 보는 우리 문화

신웅순

시조시인 · 평론가 · 서예가인 신웅순은 충남 서천에서 출생, 대전고를 졸업하고 공주교대 · 숭전대를 거쳐 명지대에서 박사학위를 받았다. 초등 · 중등 교사를 거쳐 현재 중부대학교 교수로 재직 중이다.

학술논문 50여 편, 학술서『한국시조창작원리론』『시조는 역사를 말한다』외 18권을 비롯, 시집『누군가를 사랑하면 일생 섬이 된다』외, 평론집, 동화집, 수필집 등 10권의 창작집이 있다.

현재 가곡 무형문화재 전수자로 '문학과 음악으로서의 시조연구'와 대한민국 서예 초대작가로 '한글 서예 자형 연구'에 매진하고 있다.

시조로 보는 우리 문화

인쇄 · 2014년 9월 10일 | 발행 · 2014년 9월 20일

지은이 · 신웅순
펴낸이 · 한봉숙
펴낸곳 · 푸른사상
주간 · 맹문재 | 편집, 교정 · 김선도, 김소영

등록 · 1999년 7월 8일 제2-2876호
주소 · 서울시 중구 충무로 29(초동) 아시아미디어타워 502호
대표전화 · 02) 2268-8706(7) | 팩시밀리 · 02) 2268-8708
이메일 · prun21c@hanmail.net / prunsasang@naver.com
홈페이지 · http://www.prun21c.com

ⓒ 신웅순, 2014

ISBN 979-11-308-0280-0 93800

값 23,000원

시조로 보는 우리 문화

신웅순

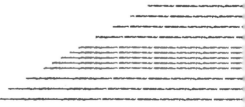

문화를 말하다

시조는 문화의 보고이다. 조상들의 삶의 현장, 사건, 역사, 문화의 진실들이 그대로 묻어있다.

본서는 성종에서 임진왜란 이전까지의 시조들을 문화사적 측면에서 조명해보았다.

이 시기는 외세의 침입이 없었던 비교적 평화로운 시기였다. 반면 정치 상황은 500년 조선 역사에서 유례없는 혼란한 시기였다. 무오사화, 갑자사화, 기묘사화, 을사사화 등 조선 최대의 4대 사화가 이 시기에 있었다.

이러한 정치 불안은 많은 선비들로 하여금 현실을 피해 산림에 묻히는 결과를 낳았으며, 이들에 의해 자연스럽게 산림 문학이 형성되었다. 강호 시조, 군은 시조, 한정 시조, 인격 도야 시조, 인륜 도덕 시조, 교훈적 시조 등과 같은 그들이 처한 현실을 여러 형태로 나타난 시기였다.

기녀들의 애정 시조도 돋보였던 시기였다. 아이러니컬하게도 김굉필, 조광조, 서경덕, 이언적, 주세붕, 이황, 김인후, 기대승, 이이와 같은 유례없는 대 유학자들이 출현했던 시기이기도 하다.

본서는 필자의 교양서, 고려말에서 성종 때까지 쓴 '시조는 역사를 말한다'의 선상에서 문화사적 측면에 앵글을 맞추어 쓴 책이다.

이 책은 국민 교양서로 집필되었다. 다소 무거워 보일 수 있는 역사를 편안하게 읽을 수 있도록 만드는데 노력했다. 초등학교에서부터 중·고등학교, 성인에 이르기까지 두루 읽을 수 있도록 했다. 시조 문학도 공부하고 역사도 공부하고 현장 체험도 함께 할 수 있도록 꾸몄다.

충은 무엇이고 의는 무엇인가. 효는 무엇이고 자연은 무엇이며 사랑은 또 무엇인가. 이 시대에 우리가 실천해야 할 덕목들이 선인들의 시조 작품 속에 고스란히 녹아 있다. 선인들의 삶도 지금 살고 있는 우리의 삶과 하등 다를 게 없다. 빛을 남긴 그들에게 우리가 배워야 할 이 시대의 정신은 무엇인가. 이 책을 통해 진지하게 생각해 보았으면 좋겠다.

책이 나오기까지 시조와 역사, 문화를 사랑해주신 푸른 사상 한봉숙 사장님께 깊은 감사의 뜻을 표한다. 언제나 멘토가 되어주는 말없는 아내와 두 딸들에게도 고마움의 뜻을 전한다.

본서는 우리 국민이면 누구나 읽을 수 있는 교양서이기도 하지만 문학서, 역사서, 문화서이기도 하다. 선인들이 어떻게 세계를 살아왔고, 어떻게 조응해왔으며 어떤 문화를 이루고 살았는가를 시조를 통해 충분히 읽을 수 있으리라 생각된다.

선인들의 삶에서 오늘을 어떻게 살아야하고, 내일을 어떻게 살아가야 할 것인가를 한번쯤 생각해보았으면 좋겠다. 정체성을 잃어가고 있는 우리 시조와 우리 문화를 많이 사랑했으면 좋겠다.

2014년 8월
식장산 석야 초옥에서

시조로 보는 우리 문화

차례

시조로 보는 우리 문화

2부

두류산 양단수를…

1부

삿갓에
도롱이 입고 …

1. 김굉필의 「삿갓에 도롱이 입고…」

김굉필(金宏弼)　1454(단종 2) ~ 1504(연산군 10)

조선 전기의 성리학자로 김종직의 문하에서 소학을 배웠다. 『소학』에 심취하여 '소학동자'라 자칭하며 평생을 소학의 가르침대로 살았다. 무오사화가 일어나자 평안도 희천으로 유배되었다. 그곳에서 조광조를 만나 학문을 전수, 유학사의 맥을 잇는 계기가 되었다. 갑자사화 때 처형당했으며 정여창, 조광조, 이언적, 이황 등과 함께 5현으로 문묘에 배향되었다.

1. 소학동자, 김굉필

"유학에 뜻을 두었다면 『소학』부터 시작하라"

스승 김종직이 제자 김굉필에게 한 말이다. 그는 평생을 소학의 가르침대로 살았다. 그래서 그를 '소학동자'라 불렀다.

> 글을 읽었으나 여태껏 하늘의 뜻을 알지 못했는데
> 『소학』속에서 어제의 잘못을 깨달았네.
> 이후로 진심을 다해 사람 구실 하려 하니
> 어찌 구차한 부귀영화를 부러워하겠는가.

『소학(小學)』을 읽고서 쓴 시 「소학에 대한 독서기」이다.

김굉필은 성격이 호방하여 세사에 구속받기를 싫어했다. 젊어서는 저잣거리를 돌아다니며 사람들을 구타하기도 했다. 사람들은 그를 보면 피했다.

뒤늦게 소학에 입문하여 학문에 정진했다. 삼십에 이르러 소학 외의 책과 육경을 섭렵했다. 『소학』은 주희의 정치철학서인 조선시대 국민 교육 교과서다. 조선에서는 여덟 살이면 누구든 소학을 배웠다. 그러나 그는 배움을 넘어 소학의 화신이 되고자 했다.

동갑내기 남효온은 그를 다음과 같이 소개했다.

> 김굉필은 점필재에게 수업하였다. 뛰어난 행실은 비할 데가 없었으니, 항상 의관을 정제했고, 부인 외에는 여색을 가까이하지 않았다. 매일 소학을 읽어 밤이 깊은 뒤라야 잠자리에 들었고 닭이 울면 일어났다. 사람들이 나랏일을 물으면 언제나 소학이나 읽는 동자가 어찌 큰 의리를 알겠는가라고 했다. '공부해도 오히려 천리를 알지 못했는데, 소학을 읽고 나서야 지난 잘못 깨달았네'라고 시를 짓자, 점필재 선생이 '이것이 곧 성인이 될 수 있는 바탕이다'라고 높이 평가했다."
>
> 나이 삼십에 비로소 다른 책을 읽었다. 열심히 후진을 가르쳐 그 문하생이 모두 스승처럼 재주가 높았고 행실이 도타웠다. 나이 들수록 도덕이 더욱 높아졌는데, 세상이 글러진 것을 알고는 재주를 감추고 세상을 피했지만 사람들은 그가 왜 그러는지 알고 있었다. 점필재 선생이 이조참판이 되었으나 나라에 건의하는 일이 없자 시를 지어 비판했다. 선생도 역시 시를 지어 대답하였는데, 대개 비판을 싫어하는 내용이다. 이로부터 점필재와 사이가 벌어졌다.[1]

김굉필은 소학을 통해서 자신의 삶을 구현하려고 했다. 이런 실천적 자세를 스승인 김종직도 높이 평가했다. 김종직이 현실 정치에 있으면서 제대로 하지 못하자 제자인 김굉필이 비판했고, 결국 둘 사이가 벌어졌다. 소학으로 도덕과 행실을 갖춘 김굉필이니 높은 자리에 있는 김종직을 비판할 수 있었을 것이다. "나야 정치를 잘 모르니 이조참판인 당신은 제대로 해야 하지 않겠는가"라는 의도였을 것이다.

삿갓에 도롱이 입고 세우 중에 호미 메고

---

[1] 서정문, 「고전번역원과 함께 하는 인문학산책」, 『한국경제』, 2014. 1. 17

산전을 흙매다가 녹음에 누웠으니
목동이 우양을 몰아 잠든 나를 깨와다

삿갓에 도롱이 입고 이슬비 내리는 중에 호미를 들고 산밭을 흙어 매다 비가 갠 후 나무 그늘에 누워 있는데 목동들이 모는 소양의 울음소리에 잠든 나를 깨우는구나.

그는 농군 같은 자유인으로 살기를 바랬다. 파쟁도 권모술수도 없는 평화로운 전원생활을 꿈꾸었다. 그런 그가 벼슬에 몸담았다가 사화에 얽혀드는 바람에 도학의 꿈은 물거품이 되고 말았다.

무오사화(1498년)가 일어났다. 김종직 일파로 몰려 장 80대를 맞고 평안도 희천으로 유배되었다.

유배지에서 그는 학문 연구와 후진 교육에 힘썼다. 이때 조광조를 만났다. 조광조는 영변으로 부임하는 아버지를 따라갔다 인근에 유배 중이던 김굉필을 만난 것이다. 김굉필과의 운명적인 만남은 이렇게 해서 이루어졌다. 당시 조광조의 나이는 17세였으며 이때부터 조광조는 김굉필의 제자가 되었다. 영남사림파의 학맥이 기호학파 학맥에 접목되는 역사적 순간이었다.

정몽주, 길재, 김숙자, 김종직으로 이어지는 유학의 맥은 김굉필, 조광조로 이어졌다. 조광조는 김종직과는 달리 시문 위주보다 의리 실천을 중시했다. 그 제자들에 의해 훗날 조선의 개혁 정치로 이어졌고 기호사림의 주축이 되었다.

어느 날 연산군이 임사홍의 집을 찾았다. 연산군은 문득 폐비 윤씨 이야기를 꺼냈다.

임사홍이 이를 놓칠 리 없었다.

"전하. 전하의 생모이신 폐비 윤씨께오선 엄 숙의와 정 숙의의 갖은 모함으로 사약을 받으셨나이다."

임사홍에게 재기의 때가 온 것이다.

연산군은 화가 머리끝까지 치밀어 올랐다.

왕은 엄 숙의, 정 숙의를 즉석에서 쳐죽였다. 성종의 어머니 인수대비
도 그 충격으로 세상을 떠났다.

연산군은 무오사화에서 죽음을 면한 선비들까지, 죽은 사람, 산 사람
할 것 없이 전부 도륙해 버렸다. 한명회, 정창손 등은 부관참시 당했으
며, 무덤을 파고 뼈를 갈아 가루로 만들어 바람에 날리는, 희대의 살인극
쇄골표풍까지 벌어졌다.

그 유명한 연산군 10년에 일어난 갑자사화(1504년)이다. 무오사화가
훈구와 사림 간의 대립에서 생긴 것이라면 갑자사화는 궁중 중심과 구세

소학당
경상도 문화재자료 제 135, 경남 합천군 가야면 매안3길 5호(매안리)

한훤당 건물이 화재로 없어진 것을, 중종 원년(1506)에 김굉필, 정여창(1450~
1504)을 추모하기 위하여 사당과 소학당을 세웠다. 숙종 22년(1696) 또 다시 불타 없
어진 것을 고쳐 지어 현재에 이르고 있다. 출처 : 문화재청

력과의 충돌로 생긴 사건이었다.

그는 희천에서 다시 순천으로 이배되었다. 여기에서 갑자사화를 만나 1504년 윤필상, 한치영, 이극균 등과 함께 처형당했다.

그는 죽음 목전에도 얼굴빛 하나 변하지 않았다. 자신의 긴 수염을 입에 물고 천천히 말했다.

"신체발부는 수지부모라 어찌 이것까지 상하게 할 수 있겠는가."

그리고는 조용히 죽음을 맞이했다.[2]

광해군 2년 그는 정여창, 조광조, 이언적, 이황 등과 함께 5현으로 문묘에 배향되었다. 그리고 아산의 인산서원, 희천의 상현서원, 순천의 옥천서원, 달성의 도동서원 등에 제향되었다. 시호는 문경이며 중종 때 우의정으로 추증되었다. 문집에『한훤당집』, 저서에『경현록』, 『가범』등이 있다.

평생을 소학동자로 소학을 실천했던 한훤당 김굉필.

그도 도학의 꿈을 이루지 못하고 사화를 비껴가지 못했다. 누구도 미래를 알 수 없는 것이 인생이다. 꿈과 행복이 있는 한 사람들은 벼랑길도 마다하지 않고 걷는다. 그는 도학의 꿈을 이루지는 못했으나 그의 사상은 한국 유학사의 맥이 되어 우리가 가야 할 바른길을 제시해주고 있다.

시조로 보는 우리 문화

2 이가원, 『이조명인 열전』(을유문화사), 168쪽.

달성 도동서원의 중정당

사적 제 488 호, 대구광역시 달성군 구지면 구지서로 726

한훤당 김굉필의 학문과 덕행을 기리고자 세운 서원으로 소수서원 · 병산서원 · 도산서원 · 옥산서원과 함께 우리나라 5대 서원 중의 하나이다.

김굉필 묘

대구광역시 달성군 구지면 도동리 산 1

2. 정희량의 「흐린 물 옅다 하고…」

정희량(鄭希良)　1469(예종 1) ~ ?

조선 전기 문신이다. 예문관 대교 때 경연에 충실할 것과 신하들의 간언을 받아들일 것을 상소했다가 왕의 미움을 샀다. 무오사화로 의주에 유배되었으며 김해로 이배된 뒤 풀려났다. 모친상 수묘 중 행방불명되었고 갑자년에 큰 사화가 일어날 것을 예언했다. 시문에 능하고 음양학에 밝았다.

2. 음양학의 학자, 정희량

그는 돌아오지 않았다. 백방으로 찾았으나 김포 강가에는 짚신 한 켤레와 상복 한 벌만이 나란히 놓여 있었다. 사람들은 그가 강에 빠져 죽은 줄 알았다. 사방 팔방으로 찾았으나 오리무중 시체를 찾을 수 없었다. 정희량이 집을 나간 것은 단오날이었다. 아내는 그가 입던 옷을 묻어 묘를 만들고 그날을 기일로 죽을 때까지 제사를 지냈다.

"갑자가 무오보다 화가 더 심할 것이다. 우리도 이를 면치 못하리라."

정희량은 모친 시묘살이를 하면서 이렇게 말하곤 했다. 때때로 그는 언덕에 올라 배회하며 눈물을 흘렸다. 사람들은 부모를 생각해 그러는 줄 알았다.

그는 시대에 분해하고 절망하다 이렇게 흔적 없이 사라졌다. 사람들은 그가 신선이 되었다고 한다.

친척 정미수가 왕께 사방으로 사람을 놓아 찾아주길 청했다.

연산군이 말했다.

"미친 놈이 도망가서 죽었는데 찾아서 무엇하겠느냐."

그의 예언대로 갑자년에 큰 화가 일어났다.

퇴계가 젊었을 때 절에서 책을 읽다 중이 거처하는 방 안의 벽에 시 한 수가 적혀 있는 것을 보았다.

> 비바람이 몰아치는 전 날에 놀랐는데
> 온 천지가 다 이 몸에 기대려 하네
> 새들은 연못가의 나뭇가지를 엿보는데
> 중이 석양 무렵 샘물을 길러가네

퇴계는 허암이 지은 시라는 생각이 들었다.

이 절에 거처하는 중에게 물었다.

"이 시는 누가 쓴 것인가?"

"얼마 전에 한 중이 와서 이곳에 머물렀는데, 그때 이 시를 썼습니다."

"그 중이 어디에 있느냐."

"며칠 전 나갔는데 아직 돌아오지 않았습니다."

하루는 퇴계 이황이 산중에서 주역을 읽고 있었는데 늙은 중 한 사람이 옆에 와서 틀린 구절을 고쳐주었다. 퇴계는 이 사람이 정희량이 아닌가 의심했다.

퇴계가 말했다.

"지금 중종 반정이 일어나 어진 선비들 모두가 나와 벼슬을 하고 있는데 유독 허암만이 산골에 몸을 감추고 있으니 내 생각으로는 잘못된 것이라 생각합니다."

"허암이 어찌 지금 세상에 모습을 드러낼 수 있겠는가. 부모상을 당하여 소·대상을 마치지 못했으니 부모에 대한 불효요, 선비들이 난국에 모두 죽었는데 유독 허암만이 죽지 않고 몸을 피했으니 이는 친구에 대한 수치요, 정사에 참여했던 신하가 거짓 죽은 체 몰래 숨었으니 이는 임금에 대한 불충이다. 허암이 이 세 가지 큰 죄를 졌으니 어찌 세상에 나올 수 있겠는가?"

중은 하직하고 홀연 그곳을 떠났다.[1]

> 흐린 물 옅다 하고 남의 먼저 들지 말며
> 지는 해 높다 하고 번외에 길 예지 마소
> 어즈버 날 다짐 말고 네나 조심하여라

물이 흐려 깊이를 알 수 없는데 얕은 줄 알고 먼저 뛰어들지 말라. 기울어져 가는 해가 높이 떠 있다 하여 집 울타리를 멀리 나서지 말라. 아, 내게 다짐하지만 말고 네나 조심하여라. 대화체로 되어 있다.

흐린 물과 기운 해는 당시 상황을 암시하고 있다. 지금은 연산군 시대이니 더욱 안전하게 처신해야 한다. 그리고 아아, 탄식을 하면서 나에게 다짐하라 하지만 말고 네나 조심하라는 말로 상대방의 말을 막아버렸다. 냉소적이고 과격까지 해 저항시조 같기도 하다.

그는 왕에게 경연에 충실할 것과 간언을 받아들일 것을 상소했다. 연산군에게 겁 없이 덤벼들어 왕의 미움을 샀다. 이렇게 자신은 정작 흐린 물에 먼저 들었고 먼 길을 먼저 나섰다. 그리고 정작 말도 조심하지 못했다. 남에게는 충고하면서도 자신에게는 그렇지를 못했다. 그래서 유배생활을 톡톡히 치러야 했다. 그는 무오사화로 죄 없이 의주로 유배되었다. 귀양길에 수 년 후 다시 사화가 일어날 것이라고 예언했다가 그 말이 탄로가 나 김해로 이배되었다. 그리고 나서야 풀려났다.

> 변방 성에선 일마다 마음만 상하게 하는데

---

1 송정민 외 역, 『금계필담』(명문당, 2001), 144~145쪽.

바다 위의 미친 노래는 은자와는 다르네

봄에도 꽃은 보지 못하고 아직도 눈만 보이는데

땅에는 기러기도 내리지 않으니 하물며 사람이 오랴?

엷게 그늘진 땅은 아득도 한데 비는 새벽까지 이어지고

잔풀은 무성하고 바람은 나루터에 가득하네

슬프다, 꽃다운 때에 오랫동안 나그네 되었으니

흐르는 눈물에 또 수건을 적시니 이를 어이 견디리

—「압강춘망(鴨江春望)」[2]

이 시는 의주에 유배 갔을 때 지은 시이다. 압록강의 봄 경치를 읊으며 변방 성에서 자신의 처지를 노래했다. 이곳은 변방이라 봄에도 꽃은 보이지 않고 눈만 보이며, 기러기도 오지 않는데 여기 올 사람이 뉘 있으랴. 스산한 그늘에 새벽까지 비는 내리고, 풀은 무성한데 나루터에 바람만이 가득하구나. 젊은 나이에 오랫동안 나그네가 되었으니, 얼마나 슬픈 일인가? 흐르는 눈물이 또 수건을 적시는구나.

구름처럼 눈앞을 지나가는 일마다 새로운데

먼지 낀 갈림길에서 미친 듯 노래하여 홀로 서 있네

백 년은 삼만 육천 일이요

사해에는 동서남북으로 오가는 사람이라네

송옥의 원망하는 초사는 지는 잎을 슬퍼하고

이백의 슬픈 부는 남은 봄을 아까워했네

취향에도 거닐 한적한 땅이 있으니

빌려 유령과 장차 이웃하리라

—「차계문운(次季文韻)」[3]

---

2 원주용, 『조선시대한시 읽기』(한국학술정보, 2010).

3 위의 책.

시조로 보는 우리 문화

허암 정희량 유허지

인천광역시 기념물 제58호, 인천 광역시 서구 검암동 산 61-5

정희량이 일시 은거하던 옛암자터로 검암동 허암산 북쪽 기슭에 위치하고 있으며 현재에는 터만이 확인되고 있다.　　　출처: 인천광역시 서구 문화관광체육과(문화예술팀)

이 시는 김해로 이배된 다음 해 지은 것이 아닌가 생각된다.

　복잡한 세상 갈림길에 서 있다. 방향을 잡지 못한 채 홀로 서 있다. 백년도 못 사는 인생인데, 동서남북으로 떠도는 신세다. 송옥의 초사는 지는 잎을 슬퍼했고 이백의 「춘야연도리원서(春夜宴桃李園序)」에서는 남은 봄을 아까워했다. 술을 좋아해서 「주덕송(酒德頌)」을 노래했던 유령(劉伶)과 이웃 되어 흠뻑 취하고 싶구나.

　정희량은 김종직의 문인이다. 1492년 생원시에 장원으로 합격했으며 성종이 죽어 이에 불교식 재를 올리자 반대 상소한 것이 문제가 되었다. 그는 해주로 유배되었다. 1495년 증광문과에 병과로 급제, 이후 검열이 되고 김전, 신용개, 김일손 등과 함께 사가독서하였으며. 『성종실록』 편찬에도 참여했다.

그는 이천년이라 스스로 일컬으며 강산을 떠돌아다녔다. 늙은 뒤에는 종말을 알지 못했다. 당시 그가 지은 추명서, 운명을 추정하는 책이 세상에 유행하고 있었는데 신기하게 잘 맞았다고 한다.[4] 그는 이렇게 음양학에도 밝았다.

미래의 일을 예견하고 몰래 사라졌으니 이런 삶도 있는가 싶다. 신선 같은 신비로운 사람이다. 총민박학하고 문예에 조예가 깊었으며 자신의 영달에는 마음이 없었다. 문집에는 『허암유집』이 있다.

시조로 보는 우리 문화

---

4 이수광, 정해렴 역, 『지봉유설』(현대실학사, 2000), 221쪽.

3. 송인수의「창랑에 낚시 넣고…」

송인수(宋麟壽)   1487(성종 18) ~ 1547(명종 2)

조선 중기 문신으로 김안로 일파에게 탄핵을 받아 사천으로 유배되었
다. 이후 예조참의가 되었으며 성균관 대사성을 겸임하면서 유생들에게
성리학을 강론하였다. 성리학의 대가로 선비들로부터 많은 추앙을 받았
다. 을사사화가 일어나자 탄핵을 받고 파직, 청주에 은거하여 있다 사사
되었다.

3. 성리학의 대가, 송인수

송인수는 김안로의 재집권을 막으려다 제주 목사로 쫓겨났다. 병을 칭탁하고 부임하지 않았다. 이것이 빌미가 되어 김안로 일파에게 탄핵을 받아 사천으로 유배되었다.

> 창랑에 낚시 넣고 조대에 앉았으니
> 낙조 청강에 빗소리 더욱 좋다
> 유지에 옥린을 꿰어들고 행화촌으로 가리라

유배지는 언제 죽음이 닥쳐올 지 모르는 한시도 편할 날이 없는 곳이다. 푸른 물결 속에 낚싯대를 던져두고 낚시터에 앉았다. 저녁놀 얼비치는 강으로 후두두둑 굵은 빗방울이 지나간다. 빗소리가 참으로 좋다. 이제 돌아갈 시간이 되었다. 싱싱한 물고기를 버드나무 가지에 꿰어들고 살구 꽃 핀 마을, 주막으로 갈 것이다. 자연으로 돌아가고 싶어하는 것이 어디 지은이뿐이겠는가.

김안로 일당이 몰락하자 예조참의가 되었으며 성균관 대사성을 겸임하면서 성리학을 강론했다. 사헌부 대사헌 때는 윤원형, 이기 등에게 미움을 받아 전라도 관찰사로 좌천되기도 했다. 그러나 부임하면서 형옥 사건들을 신속하게 처리했고 교화에도 힘써 풍속을 바로잡았다. 또한 교육의 진흥을 위해 많은 인재들을 양성하기도 했다.

그는 딱딱한 선비만은 아니었다. 전라도 남평 현감 유희춘, 무장 현감 백인걸과 마음이 맞아 함께 어울리기도 했다.

> 그가 전라감사의 임기를 마치고 돌아오는 길이었다. 유희춘, 백인걸, 부안 기생이 여산까지 따라와 전송했다.
> "내가 이 기생이 영리하여 사랑했는데, 1년 동안 데리고 다니기만 했지 한 이불 속에 들어간 적이 없다네. 왜 그런지 아는가? 사실은 목숨이 아까워서였다네."
> 기생이 재치 있게 받았다.
> "저기 무덤들을 보시어요, 모두 제 남편 무덤이랍니다."
> 가까운 거리에 공동묘지가 있었다. 백인걸, 유희춘이 박장대소했다. 기생의 눈에 눈물이 고였다. 그녀는 송인수를 진심으로 사랑하고 존경했다.[1]

인종이 즉위하자 동지사로 명나라에 다녀와 대사헌이 되었다. 이때 윤원형을 탄핵했는데 얼마 후 그것이 부메랑이 되어 을사사화를 주도한 윤원형 일당에 의해 탄핵, 파직되었다. 이후 청주에 은거했으나 결국 그들에 의해 사사되었다.

퇴계 이황이 시를 지어 위로했다.

---

1 최범서, 『야사로 보는 조선의 역사 1』(가람기획, 2006), 367~368쪽

규암이여 옛날 세속에 묻혀 있을 적에도

조촐한 양이 세속 사람 같지 않더니

이제 청주로 돌아가 농사짓기 배운다니

청주에 풍년 들어 고야산처럼 풍성하리라

잘 살고 못 사는 것이 내 마음에 관계하랴

밥 한 그릇 물 한 모금에 나의 스승은 안회로다

천하에 좋은 재미 무엇인지 아는가

금(金)·석(石)·사(絲)·죽(竹) 갖은 음악이 아니로다

뜻을 같이한 나를 두고 어디로 간단 말인가

혼자서 묵은 책 펴놓으니 세상 시비 멎는구나[2]

전말은 이러했다.

양재역 벽서 사건이 일어났다. 이는 을사사화의 여파로 윤원형 일파가 대윤 세력을 숙청하기 위해 만들어낸 사건이다.

이기 일당이 빈청에 모였다. 죽여야 할 사람을 정하는데 이기가 송인수의 이름 밑에 점을 찍었다.

정순붕이 말했다.

"이 사람은 진실한 선비오."

"송인수는 착한 사람이기는 하나 큰 일에 작은 정을 베풀 수는 없는 일이오."

송인수가 이 사건에 제물로 바쳐진 것이다.

이기가 명종에게 아뢰었다.

"성균관 대사성으로 있으면서 경박한 풍습을 조성해 오늘날과 같은 사변이 일어났사옵니다. 이 사람을 죽이지 않는다면 훗날에 일어날 그 어떤 폐단도 막을 수 없사옵니다. 중형으로 다스리시옵소서."

시조로 보는 우리 문화

2 앞의 책, 368~369쪽.

송인수 묘소

충북 기념물 제 131호, 충북 청원군 문의면 남계5길 20(남계리 산 69-3)

출처 : 문화재청

"사약을 내리노라."

죄명이 뚜렷하지 않은 중벌이었다.

송인수의 생일날이었다.

금부도사가 들이닥쳤다. 친인척들은 울부짖었으나 정작 자신은 태연했다.

"하늘과 땅이 내 마음을 알아주리라."

"부지런히 글을 읽고 주색을 조심하고 착한 일을 하는 데 게을리 하지 말라."

아들에게 당부하고는 조용히 사약을 받았다.

윤원형 일당이 불온 벽서가 을사사화의 뿌리가 남아 있는 증거라 하여 봉성군완, 이약빙과 함께 죽인 것이다.

신항서원

충북기념물 제42호. 충청북도 청주시 상당구 이정골로 115-8(용정동 120)

1570년 창건 당시 경연, 박훈, 송인수 등 3명을 배향하였으며 이후 김정, 한충, 송상현, 이득윤을, 이어 이색, 이이를 추가, 9명의 선현을 배양하고 있다.

그는 한시도 책을 손에서 놓지 않았다. 장가든 날에도 신부를 앉혀놓고 글을 읽었다. 사람들은 이런 그를 비아냥대었으며 어리석은 군자라고 했다.

평생 학문을 좋아하고 성리학에 밝아 사림의 추앙을 받았다. 제주의 귤림서원, 청주의 신항서원, 문의의 노봉서원 등에 제향되었다. 시조 한 수가 『근화악부』에 전하고 있다.

우리에게 의미있는 화두를 던져주고 간 송인수. 일생을 올바로 산다는 것은 쉬운 일이 아니다. 송인수의 삶이 그렇다. 그는 세상을 바르게 살다 간 선비 중의 선비였으며 진정한 군자였다.

4. 이총의「이 몸이 쓸 데 없어…」

이총(李摠)　? ~ 1504(연산군 10)

태종의 증손으로 부인은 생육신의 한 사람인 추강 남효온의 딸이다. 자칭 '서호구로주인(西湖鷗鷺主人)'이라 하여 속객이 찾아오면 배로 피하고는 만나주지 않았다. 무오사화로 함경도 원성으로 유배되었다 갑자사화로 7부자가 함께 처형되었다. 청담파의 중심인물로 거문고의 명인이었으며 시문에 능하고 필법이 뛰어났다.

4. 서호구로주인, 이총

이총은 태종의 증손이며 부인은 생육신의 한 사람인 추강 남효온의 딸이다. 생김새가 준수하고 시문과 글씨에 뛰어났다. 물질에 욕심이 없으며 남에게 구속 받기를 싫어했다. 그는 양화진에 별장을 두고 손수 배를 저어 낚시를 즐겼다.[1]

자칭 '서호구로주인(西湖鷗鷺主人)'이라 하여 속객이 찾아오면 배로 피하고는 만나주지 않았다.

장덕조는 소설「광풍」에서 이를 다음과 같이 표현했다.

> 무풍정은 조그마한 고깃배를 손수 저어다니며 낚시질을 하고 시를 읊고 거문고를 타 강바람에 띄운다. 그러므로 그를 찾아오는 사람들은 으례히 그의 초막으로 가지 아니하고 강가에 먼저 왔다. 강가에 사람이 찾아와서
> "무풍정"

---

[1] 지금은 이 일대가 천주교 성지가 되었지만 본래는 양화나루가 들어섰던 서울과 양천 사이에 물길을 이어주던 곳이다. 절두산 순교 성지에서 마리아 동굴 옆으로 내려오면 양화진 나루터 표석이 세워져 있다.

양화진(겸재 정선 작)

하거나

　"나으리"

하고 부르면 무풍정은 그것이 누구인지 잘 분별하기 어려울 때이면 고개를 들기도 전에 눈을 감고 다시 한 번 부르는 소리가 들려오기를 기다린다. 찾아온 사람의 목소리를 가려 들으려는 것이었다. 그리하여 찾아온

사람이 누구인가를 분명히 알았을 때 그것이 더불어 사귈 수 있는 시인이
나 문사였을 때는

　"어"

하며 비로소 그편으로 고개를 돌리고 반가이 노를 저어 가까이 온다. 그
러나 그 사람이 속사였을 때에는 그를 한번 쳐다보지도 아니하고 그대로
배를 흘려 멀리 피해 버린다.[2]

　추강 남효온의 시에 '왕손해자주(王孫解刺舟)'라는 말이 있는데 '왕손이
손수 배를 풀어 노를 젓는다'의 뜻이다. 이는 이총, 무풍정을 두고 한 말
이다.

　그는 남효온, 홍유손 등과 함께 청담파[3]의 중심 인물이다. 시와 거문
고, 낚시와 술로 고담준론을 논하며 청담생활을 즐겼다. 여기에서 당대
의 많은 시인들을 맞이했다. 좋은 시가 무려 천백 편이나 되었다고 한다.

　　모래밭 따뜻하여 새떼 모여 있고
　　강물 잔잔하여 달이 떠 있네

　어떤 논자가 신용개의 이 두 구절이 으뜸이 될 만하다고 하였다.[4]

　이총은 거문고 명인으로 이름을 날렸다. 그가 즐겨 타던 곡은 후전곡
으로 그 묘리가 절정을 이루었다. 어느 날 재상 김유는 그의 거문고 타는

시조로 보는 우리 문화

2　장덕조, 「광풍」 147, 물외한인 6, 『동아일보』, 1954. 1. 14.

3　조선 전기의 유학계의 한 파로 이들은 중국 진나라의 죽림칠현을 모방하여 동대문 밖 대밭에 자주
　모여 소요건을 쓰고 세속적인 영화에서 벗어나 시주와 가무로 소일하였다. 이를테면 탈속적 지식인
　으로서 이들은 노자 · 장자 등의 고고한 학풍을 토론하며 시정속사를 멀리하였으므로 청담파라 일
　컬어졌다.
　　남효온, 홍유손, 이정은, 이총, 우선언, 조자지, 한경기의 7인을 말하는데, 이들은 1498년(연산군
　4)의 무오사화 때 체포되어 국문을 받는 등 시련을 겪었다.
　　　　　　　　　　　　　　　　　　　　　　　　　　　　　　　　　　　　—출처 : 네이버 백과사전

4　하겸진 저, 기태완 · 진영미 역, 『동시화』(아세아문화사, 1995), 83쪽.

연산군시대금표비

경기문화재자료 제88호, 경기도 고양시 덕양구 대자동 산 10-2

　'금표내범입자논기훼제서율처참(禁標內犯入者論棄毁制書律處斬)' 이라고 새겨져
있다.
출처 : 문화재청

　소리를 듣고는 "마치 궁중 안의 모란꽃이 맑은 하늘 아래 활짝 핀 듯하구
나"라고 감탄했다고 한다.

　이총은 김종직의 문인이다. 연산군 4년 무오사화로 함경도 원성으로
유배되었다 연산군 10년 갑자사화로 7부자가 함께 처형되었다.

　『청구영언』에 시조 한 수가 전한다.

무풍군 묘와 정려
충남 부여군 장암면 정암리

이 몸이 쓸 데 없어 세상이 버리오매
서호에 옛집을 다시 쓰고 누웠으니
일신이 한가할지나 님 못 뵈와 하노라

이 몸이 쓸 데가 없어 세상이 버렸으니 서호에 옛집을 다시 쓰고 누웠구나. 일신은 한가할지나 님은 뵙지 못하는구나. 양화도 별장으로 물러나 있을 때 지은 시조로 보인다.

강호의 생활을 읊었다. 겉으로는 임금을 그리워한 것으로 보이지만 실제로는 이상적인 임금에 대한 열망을 그렇게 표현했을 것이다.

이총의 묘는 고양시 덕양구 대자동에 있는데 묘역 아래에는 연산군의 금표비가 세워져 있다. 연산군이 사냥에 방해가 된다며 '금표 내에 들어

오는 자는 참한다'는 내용이 새겨져 있다. 이총은 연산군에게 무고하게 처형당했다. 죽어서도 이총의 묘역 앞을 금한다 했으니 역사의 아이러니라 하지 않을 수 없다.

5. 이현보의 「농암에 올라보니 …」

이현보(李賢輔)   1467(세조 13) ~ 1555(명종 10)

조선 중기의 문신이며 시조 작가이다. 중종 때 성주 목사의 선정으로 왕에게 표리를 하사 받았다. 형조 · 호조참판에 올랐다. 76세에 중추부 지사에 제수되었으나 고향에 돌아와 시를 지으며 한거하였다. 조선시대 강호시조 작가로 중요한 위치를 차지하고 있으며 「어부가」를 장가 9장, 단가 5장으로 고쳐 지은 것과 「효빈가」, 「농암가」 등 시조 작품 8수가 전한다.

5. 효의 아이콘, 이현보

농암에 올라보니 노안이 유명이로다
인사 변한들 산천이딴 가실까
암전에 모수모구 어제 본듯 하여라

귀머거리 바위에 오르니 늙은 눈이 밝아진다. 사람 일은 변하지만 산천이야 변할 리 있겠는가. 농암 앞을 흐르는 물과 언덕들이 어제 본 듯 그대로구나.

「농암가」이다. 지은이가 벼슬을 그만 두고 고향으로 돌아와 농암 위에 올라 지은 시조이다.

이현보의 호는 농암이다. 연산군 4년 문과에 급제했고 38세에 사간원 정언이 되었다. 서연관의 비행을 논박하다 연산군의 노여움을 사 역적으로 몰려 처형당할 위기에 놓였다. 이때 임금이 어느 한 술사를 놓아주라고 낙묵을 찍었는데 이것이 잘못되어 이현보의 이름 위에 떨어졌다. 그 덕분에 살아났다. 천운이었다.

농암은 고향 예안의 분천리 분강가에 있는 바위 이름이다. 강물 소리 때문에 아래에서 불러도 바위 위에서는 소리가 들리지 않는다 하여 '귀 머거리 바위, 농암'이라 했다. 지은이가 이를 호로 삼은 것은 세상 명리 에 못 들은 척 살고 싶은 마음에서였을 것이다.

『농암집』의 '농암'에 대한 기록은 이러하다.

> "바위는 언문에 '귀먹바위'라 했다. 앞강은 상류의 물살과 합류하여 물 소리가 서로 향응하여 사람들의 귀를 막으니 정녕 '귀먹바위'의 이름은 이 로써 유래한 것인가. 승진, 좌천에 달관한 은자가 산다면 진실로 어울리 어 '농암'이라 하고 늙은이가 자호로 삼았다.

여기에다 어버이의 쉼터로 애일당이라는 초막을 짓고 자연을 벗삼으 며 살았다. 당호인 '애일당'은 '하루 하루를 즐겁게 소일한다'는 뜻이다.

이 애일당이 홍수로 유실되자 대를 쌓고 그 위에 올려 지었다. 암석에 는 '농암 선생 정자 옛터'라는 '농암선생대구장(聾巖先生亭臺舊庄)'이란 말 이 쓰여 있다. 이 글씨는, 한말 진사 이강호의 해서체 글씨로 4개의 바위 에 2자씩 새겨져 있다.

정적이 그를 무고했다.

"전날에 철면을 쓰고 수염이 길게 난 자가 바로 큰 죄인인데 누구인지 이름을 몰랐더니 그가 바로 이현보입니다."

을축에 다시 옥에 갇혔다 다시 배소로 돌려보냈다.

중종 반정 후 풀려났으나 그는 조금도 흔들리지 않았다. 사람들은 그 를 '소주도병(燒酒陶瓶)'이라 불렀다. 얼굴에 수염이 많고 얼굴색이 거무 스레하여 붙여진 별명이다 소주도병은 겉모습은 질그릇 병처럼 검고 투 박하지만 내면은 소주처럼 맑고 엄격하다는 뜻으로 그의 결백함을 칭찬 한 것이다.

애일당

경상북도 유형문화재 제34호, 경북 안동시 도산면 분천리

'농암 선생 정자 옛터'라는 '농암선생정대구장(聾巖先生亭臺舊庄)'

경상북도 유형문화재 제43호

안동댐 건설로 물속에 잠기는 것을 막기 위해 농암 바위는 그대로 두었고 이 암각서는 글자 부분만을 절단하여 1975년 도산면 분천리 산 11-1번지에서 분천리 산 11-17번지로 옮겼으나, 이후 농암유적지정비사업으로 인해 도산면 가송리 612번지 농암 종택 애일당 앞 강변의 현 위치로 다시 옮겼다.

밀양·안동 부사, 충주·성주 목사를 거치면서 인재를 육성하는 데에 힘썼다. 동부 승지·부제학, 대구·경주 부윤을 거쳐 형조·호조 참판으로 있다 76세에 사직했다.

그가 물러갈 때 많은 관헌들이 나와 전송했다. 누구나 그의 높은 절조와 덕망을 존경치 않는 이가 없었다고 한다. 고향으로 돌아와 만년을 강호에 묻혀 시를 지으며 살았다.

> 귀거래 귀거래하되 말뿐이요 갈 이 없어
> 전원이 장무하니 아니가고 어찌 할꼬.
> 초당에 청풍명월이 나명들명 기다리나니.

「효빈가」이다. 작자가 벼슬을 그만두고 고향으로 돌아갈 때 한강의 주상별연에서 도연명을 생각하며 「귀거래사」를 본떠 지었다.

돌아가리라 돌아가리라 하지만 말 뿐이고, 정말로 돌아간 이는 없구나. 밭과 뜰이 점점 황폐해져 가는데 아니가고 어찌할 것인가. 초당의 맑은 바람과 밝은 달이 나며들며 나를 기다리나니. 모두들 명리를 추구하지만 자신은 귀거래를 하겠다는 것이다.

'전원장무'는 '귀거래사'의 첫 구절 '귀거래혜(歸去兮) 전원장무호불귀(田園將蕪胡不歸)'에서 따왔다. 종장은 자신이 돌아가야 할 전원생활을 읊었다. 그는 도연명과 같이 자연으로 돌아가 자연을 사랑하며 살고 싶었다.

『애일당구경첩』[1]은 조선시대 문신 농암 이현보에게 90세가 넘은 부모

시조로 보는 우리 문화

---

1 『애일당구경첩』은 2책으로 되어 있다. 조선시대 문신 농암 이현보에게 90세가 넘은 부모가 생존한 것을 기념해 그의 지인들이 증정한 그림과 송축시를 모아 엮은 책이다.
　　상책은 「한강음전도」, 「화산양로연도」, 「분천헌연도」 등 3편의 그림이 있고, 그림 아래에 당시 명사들이 주인공 이현보를 전송하면서 쓴 시들이 있다. 하책은 1519년 안동부사로 재직하던 이현보가 관내 노인을 초청하여 잔치를 베풀면서 지은 「화산양로연시」와 「애일당시」가 있다. 거기에 당시 명사들이 운을 맞추어 화답한 시들도 첨부되어 있는데 그 중엔 김안국, 이장곤 등 40인의 송축시가 있고 남곤의 자필시도 들어 있다.

가 생존한 것을 기념해 그의 지인들이 증정한 그림과 송축시를 모아 엮은 책이다. 이 책에 이현보가 80세 이상 노인들을 초대해 경로잔치를 벌이는 시화 「기묘계추화산양로연도」가 수록돼 있다.

이 그림에는 이현보의 양친뿐만 아니라 남녀 귀천에 관계없이 수백 명의 노인들을 초청해 대접하는 모습이 그려져 있다. 이현보는 이날 부모님들을 기쁘게 하려고 어린아이처럼 색동옷을 입고 춤을 추었다고 한다.[2]

> 풍년 9월 하늘 아래
> 노인들을 청 내로 모셨네
> 서리서리 백발들이 손잡은 주변에
> 단풍 국화가 가득하네
> 나누어 수작하는 자리
> 내외청에 음악이 이어지네
> 색동옷 입고 술잔 앞에 춤추는 사람
> 괴이하다 하지 마라
> 태수 양친이 또한 자리에 계심이다[3]
>
> ― 농암의 「화산양로연도」의 시

기묘년 가을에 광아에서 양로연을 베풀어 부내 여든 살 이상의 노인들을 찾아 사족에서 천민에 이르기까지 신분을 불문하고 나이만 되면 다 오게 하니 수백 명에 이르렀다. 내·외 청에 자리를 마련하고 어버이를

「화산양로연도」는 이현보가 안동 부사로 재직하던 중종 14년(1519) 가을 안동의 80세 이상 노인들을 관아로 초청하여 성대한 양로연을 베풀었는데, 그날의 연회장면을 그린 것이다. 이 자리에는 이현보의 부모뿐 아니라 사족과 천민의 부모까지 참석하게 했다. 여기에서 신분을 불문한 이현보의 숭고한 경로의식을 엿볼 수 있다.

2 『연합뉴스』, 2013. 12. 3.

3 http://blog.naver.com/i2shop1

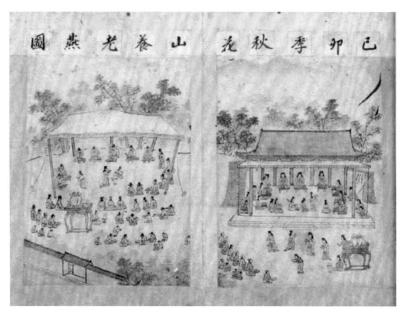

「기묘계추화산양로연도(己卯季秋花山養老宴圖)」

국립민속박물관

출처 : http://olankoon2001.blog.me

중심으로 풍성히 음식을 대접하니 보는 사람들도 칭찬하고 나도 자랑스럽다.

— 1519년 가을 『농암 선생 문집』에서

굽어는 천심녹수 돌아보니 만첩청산
십장 홍진이 얼마나 가렸는고
강호에 월백하거든 더욱 무심하여라

「어부가」 단가 5장 중 둘째 수이다.

굽어보니 깊고 푸른 물이요 돌아보니 첩첩 푸른 산이라. 어수선한 세상사 얼마나 가렸는고, 강호에 달이 밝으니 더욱 사심 없구나. 속세를 떠난 자신의 무심한 심경을 노래했다. 세속의 공명을 잊고 표표히 살아가는 강호의 즐거움을 읊었다.

「어부가」는 고려 말엽 작가 미상이었던 것을 이현보가 원사 12장의 장가를 9장으로, 단가 10장을 5장으로 고쳐 지었다.

그는 영남 사림파에 영향을 주어 영남가단을 형성한 시조 문학사적 측면에서 매우 중요한 위치에 있다. 그로부터 윤선도, 이형상, 이한진으로 이어지는 어부가의 계보가 형성되었다. 윤선도의 「어부사시사」 40수는 이현보의 「어부가」를 바탕으로 개작한 작품이다.

퇴계 이황은 농암을 가리켜 '부귀를 뜬 구름에 비기고, 고상하고 품위 있는 생각을 물외에 부쳐, 낚시터를 노니는 선생의 강호지락은 가히 진의를 얻었다.'고 평했다.[4]

홍귀달의 문하에서 공부했고, 이황, 황준량 등과 사귀었으며, 정문(程文)에 뛰어났다. 그는 일찍이 실천유학에 뜻을 두어 중용사상, 특히 경(敬)사상을 바탕으로 수양했다.

「어부가」를 비롯해 「효빈가」, 「농암가」, 「생일가」 등 시조 8수와 5편의 부, 다수의 한시문이 전하고 있다.

조선시대에 자연을 노래한 대표적인 문인으로 국문학사상 강호시가의 작가로 중요한 위치를 차지하고 있다. 조선 초기 시가에서 중기 시가로 이행하는 데 교량적인 역할을 했다.

89세에 졸했으며 예안의 분강서원에 제향되었다. 저서로 『농암집』이 전하며 익호는 효절이다.

그는 자연을 벗삼아 살다 자연으로 돌아간 진정한 자연인이며 자유인이었다. 또한 노블레스 오블리주를 실천한 조선시대 효의 아이콘이었다.

---

4 이광식, 『우리 옛시조여행』(가람기획, 2004), 103쪽.

분강서원
경북유형문화재 제31호, 경북 안동시 도산면 가송리, 올미재 612

6. 박영의 「첨피기오한대…」

박영(朴英)　　1471(성종 2) ~ 1540(중종 35)

　　조선 전기의 무신으로 무예가 뛰어났다. 양녕대군의 외손으로 성종 때 겸사복, 선전관을 지냈으며 중종 시엔 의주목사, 영남도병마절도사 등을 역임했다. 무인으로 유식한 군자가 되지 못한 것을 한탄하였으며 성종 별세 후 낙향, 낙동강변에 송당 편액을 걸고 정붕, 박경 등을 사우로 삼아 학문에 전념했다.『대학』경전 등을 학습, 격물치지에 힘썼다.

6. 대학동자 박영

첨피기오(瞻彼淇澳)한대 녹죽(綠竹)이 의의(猗猗)로다
유비군자(有斐君子)여 낚대를 빌리렴은
우리도 지선명덕(至善明德)을 낚아볼까 하노라

저 기수의 물굽이를 보아라. 푸른 대나무는 가냘프고 아름답구나. 멋
진 군자여 낚싯대를 빌려주려무나. 우리도 지선과 명덕을 낚아볼까 하
노라.

'첨피기오 녹죽의의(瞻彼淇澳 綠竹猗猗)'는 시경의 '瞻彼淇澳 綠竹猗猗
有斐君子 如切如磋 如琢如磨磋'에서 차용했다. '저 기수의 물굽이를 보
라. 푸른 대나무가 가냘프고 아름답구나', '멋진 군자는 뼈를 다듬은 듯
구슬을 다듬은 듯' 시경의 구절을 차용하여 대나무를 표현했다.

'유비군자'는 위의 무공을 말한다. 위나라는 주나라의 제후국이자 춘추
전국시대의 주요 국가 중의 하나이다. 무공은 위나라 전성기 때의 11대
왕이다. 그래서 무공같은 멋진 군자에게 낚싯대를 빌려달라고 한 것이

다. 그래서 우리도 대학에서 말하는 지고의 선과 밝은 덕을 닦아보자고 했다. 그는 학문의 궁극적 목적이 지선명덕, '지극히 착한 것에 머물고, 밝은 덕을 밝히는 것'이라고 보았다.

박영은 양녕대군의 외손이다. 어릴 때 담 넘어 물건을 쏘면 반드시 맞추었다. 아버지가 이를 기이하게 여겨 이름을 영(英)이라 했다.

어렸을 때부터 무예가 출중했다. 그러나 항상 자신이 무인으로서 유식한 군자가 되지 못한 것을 한탄했다. 무인이었으나 학문에 대한 그의 열망은 누구도 따를 수 없었다.

"말을 달리고 칼을 쓰는 것은 한 남자의 용맹에 불과하니 사람이 학문을 배우지 않으면 어찌 군자라 하리오"

그는 이렇게 말하곤 했다.

1494년 성종이 승하하고 연산군이 즉위하자 벼슬을 버리고 고향으로 돌아갔다. 선산의 낙동강변에 송당이라는 편액을 걸고 16년을 두문불출, 학문에만 몰두했다. 선비들은 송당 선생이라 불렀고 그를 스승으로 삼았다.

박영은 정붕 선생한테 『대학』 강의를 받았다. 그는 비봉산 아래 미봉사에서 오랜 세월 문을 굳게 닫고 공부에만 열중했다.

『대학』의 참 뜻, 격물치지(格物致知)를 알 무렵 정붕 선생이 찾아와 물었다.

"그동안 만 번을 읽었지?"

"모레면 끝날 듯합니다."

며칠 후 다시 찾아왔다.

"지난 가을 냉산(冷山)을 가리키며 저 산 바깥에 무엇이 있느냐고 물었을 때 자네는 아무런 대답을 하지 못했네. 이제 짐작이 갈 것이야, 한 번 대답해 보게."

"산 밖에는 다시 산이 있을 것입니다."

송당정사

경상북도 구미시 선산읍 신기리

송당정사는 박영이 공부하던 곳으로 앞에는 미수 허목이 비문을 쓴 박영의 신도비가 있고, 경내에 박영의 불천위 사당인 문목사가 있다.

이렇게 대답했다. 이것이 유명한 냉산문답이다.

이어 말했다.

"이제 어떤 공부를 원하는가?"

"의학을 공부해야겠습니다. 마을에 훌륭한 의원이 없어 귀중한 생명을 잃는 사람이 많습니다. 의원이 있다 해도 양반 집에만 드나들고 가난한 백성들은 약 한 첩 못 쓰는 형편이라 그런 사람을 돕기로 했습니다."

정붕은 그의 높은 뜻에 탄복했다. 그 후 의학을 공부하여 병에 시달리는 많은 생명을 구했다. 후세 사람들은 박영의 높은 덕을 기려 '대학동자'라 불렀다.[1]

---

1 이하석, 「구미인물열전 9—무인으로 영남사림의 학통 이은 송당 박영」, 『영남일보』, 2013. 8. 23.

송계서원 유허비각

충청북도 영동군 매곡면 수원리

박영의 학문과 사람됨을 알려주는 일화 한 토막이다.

그는 정붕의 영향을 받아 김굉필의 학통을 이은 무인으로 영남사림을 대표한 인물이기도 하다.

그는 성품이 호방하고 풍류를 즐겼다. 때문에 성종 임금이 불러 그를 질책하고 경계시킬 정도였다. 그 후 무예를 닦아 무과급제하고 선전관에 임명되었다.

> 풍채가 좋아 무관 차림을 한 그의 모습은 어디서나 대번에 눈에 띄었
> 다. 하루는 좋은 옷을 입고 말을 타고 남소동 입구를 지나갔다. 그의 당당
> 한 풍채는 여성들의 눈길을 사로잡았다. 그 가운데 유독 예쁜 여자가 그
> 를 유혹하였다. 황혼 무렵이라 그녀의 몸에서 나는 은은한 사향내가 그를
> 머뭇거리게 만들었다.
> 박영은 말에서 내려 종에게 말했다.

허목이 세운 박영의 신도비

"너는 집에 갔다가 내일 아침 일찍 여기로 오너라."

그리고는 여인을 따라 집 안으로 들어갔다.

집 안은 어두웠으나 조용했다. 여자가 이끄는 깊은 밀실로 들어갔다. 박영은 기이한 느낌과 함께 호기심이 발동했다. 그러자 여자는 입에 손가락을 대고는 박영의 귀에 대고 작게 속삭였다.

"조용히 하시고 그냥 제 말을 들어주세요."

박영이 긴장을 했다. 여자는 낮은 목소리로 말했다.

"당신은 보통 사람 같지 않아 보입니다. 특히 무예가 출중해 보여서 모셨습니다. 그러니 저의 청을 들어주세요."

박영은 무슨 소린가 하고 그녀를 쳐다보았다.

"자칫하면 당신은 오늘 밤 나 때문에 죽을 수도 있습니다."

그녀의 뜬금없는 말에 박영은 눈을 크게 떴다. 그러자 여자는 그의 팔을 붙들면서 다급하게 설명을 했다.

"사실은 당신을 유혹한 건 저의 뜻이 아닙니다. 도적이 나를 시켜 사람을 유혹해 들이게 했지요. 그리고는 밤중 무방비 상태에서 그 사람을 죽이고 그 옷과 말 등을 팔아 나누어 가집니다. 이렇게 하기를 몇 년이나 됐습니다. 저는 무서워서 도망을 가려 해도 도적들의 감시 때문에 탈출할 수가 없습니다. 그러니 당신이 용감한 기지를 발휘해서 오늘 나를 탈출시켜 주십시오."

그녀의 호소에 박영의 의협심이 발동했다. 우선 상황을 판단하기 위해 주변을 살폈다. 칼로 네 벽을 찔러 벽의 두께를 확인했다. 그런 다음 여자와 함께 잠자리를 하는 척했다. 그리고는 잠든 척하면서 주변을 경계했다. 한밤중에 천장으로부터 줄이 내려왔다. 낮은 소리로 여인을 부르는 소리가 났다. 이때를 놓치지 않고 박영은 벌떡 일어나 벽을 박차 무너뜨렸다. 그리고는 여인을 안고 뛰쳐나갔다. 몇 개의 담을 넘어 도망쳐 집으로 돌아왔다. 이 과정에서 박영의 옷이 찢겨 나갔다.

이런 일이 있은 다음부터 박영의 태도가 달라졌다. 옷을 호화롭게 입는 것을 삼가고, 특히 여인을 멀리하려 애썼다. 이후 1494년 성종이 별세하자 가솔들과 함께 고향으로 가서 학문에 힘썼는데, 그의 자리 옆에는 항상 담을 넘을 때 찢긴 옷을 놓아두었다. 그 옷을 보면서 마음을 다잡기 위해서였다. 자녀들에게도 그 옷을 보게 하여 여색 경계의 본보기로 삼았다.[2]

그가 김해부사로 있을 때였다.

이웃집에서 여자의 울음소리가 들려왔다. 아전을 보내어 물었다.

"남편이 아무 병도 없이 졸지에 죽었기로 슬퍼서 우나이다."

박영이 여자의 남편 시체를 검시했더니 뱃속에 대나무가 꽂혀 있었다. 그 여자를 다시 심문했더니 간부가 있어 죽인 것이라고 실토했다. 그리하여 범인을 잡았다."

사람들이 물었다.

---

2 앞의 글.

"어떻게 그 사실을 알았습니까?"

"처음 여인의 울음소리를 들으니 슬퍼서 우는 것이 아니었고, 검시를 하는데 통곡을 하면서도 짐짓 두려워하고 있기에 거짓으로 일을 꾸민 것을 알았소."[3]

시호는 문목(文穆)이며, 이조판서에 추증되었다. 미수 허목이 신도비를 찬술하였으며 영동의 송계서원, 구미의 금오서원에 향사되었다. 생전에 공부하던 경상북도 구미시 선산읍 신기리 낙동강변에 송당정사가 남아 있다. 저서로는 『송당집』, 『경험방』, 『활인신방』, 『백록동규해』 등이 있다.

무슨 일을 했느냐보다 어떻게 살았느냐가 중요하다. 송당은 무인이었으나 평생 문인으로 살았다. 백 마디 말보다 한 가지 실천이 바로 박영 같은 지선명덕이 아닐까 생각해 본다.

시조로 보는 우리 문화

---

3 이가원, 『이조명인열전』(을유문화사, 1965), 220쪽.

7. 성세창의 「낙양 얕은 물에…」

성세창(成世昌)　　1481(성종 12) ~ 1548(명종 3)

　　조선 중기의 문신으로 성현의 아들이다. 김굉필의 문인으로 갑자사화
로 유배되었으며 중종반정으로 풀려났다. 을사사화로 장연에 유배되었다
거기에서 죽었다. 문장과 시·서·화·음에 뛰어났다. 일생 4대 사화 속
에서 살았고 사림이었으면서도 적지에서 죽었으나 사사당하지는 않았다.
육신과 정신을 일생 지켜낸, 임금에게는 충을, 집에서는 효를 실천한 선
비였다.

7. 서 · 화 · 음 삼절, 성세창

그가 홍문관 직제학으로 있을 때였다. 조광조 등이 현량과를 실시하려 하자, 그 폐단을 지적, 불가함을 주장했다. 정국이 위태롭게 되자 조광조와 함께한 김정, 김수온의 의기를 충고하고는 병을 핑계로 파주로 돌아갔다. 그래서 김굉필의 문인이었음에도 그는 화를 면했다. 기묘사화는 남곤, 홍경주 등의 훈구파에 의해 조광조 등의 신진 사류들이 숙청된 사건이었다.

> 낙양 얕은 물에 연 캐는 아이들아
> 잔 연 캐다가 굵은 연 다칠세라
> 연잎에 깃들인 원앙이 선잠 깨어 놀라니라

초장의 '낙양 얕은 물에 연 캐는 아이들아'는 청자이다. 낙양이라는 중국 지명을 끌어들여 국내의 일이 아닌 것처럼 꾸미고 있다. 중장에서는 굵은 연을 사림파에, 잔 연을 훈구파에 비유하고 있다. 반정공신 훈구파를 몰아내고 도덕정치를 구현하고자 했던 사림파를 그렇게 표현했다. 훈구파를 잘못 건드렸다가는 사림파들이 다칠 수 있다고 경고한 것이다. 종장의 '연잎에 깃들인 원앙'은 임금이나 왕실을 지칭한 것으로 보인다.

조광조의 도덕 정치는 중종에게는 감당하기 어려운 이상론이었다. 중종은 이러한 개혁이 왕권에 대한 위협이라고 생각했다. 연잎에 깃들인 원앙이 선잠 깨어 놀란 것은 이를 두고 한 말이다.

이 시조 한 수는 기묘사화 직전의 상황을 그대로 보여주고 있다.

성세창은 성현의 아들로 1501년 진사시에 합격, 갑자사화로 영광에 유배되었다. 중종반정으로 풀려나 홍문관 직제학, 형조참판을 지냈다. 1530년 김안로를 논척하다 이번에는 평해로 유배되었다.

그는 유배지에서 음애 이자가 죽었다는 소식을 들었다. 이자는 이색의 5대손으로 기묘사화 때 기묘명현에 올랐던, 김굉필의 문인으로 김안국, 성세창 등과 교유했던 인물이다. 그는 시를 지어 이자를 애도했다.

> 온갖 질병과 근심 다투어 몸에 닥침은
> 국가 존망에 대한 강개함이 원인이라
> 벼슬길에 새로운 무리 많다고 멀리서도 들리더니
> 매번 가을산에 친구 장례 지냄을 보는구나
> 옛 교분은 회복할 수 없어도 도의는 생각나
> 감히 앞자리 펴지기를 바라네
> 세상에 있어도 끝내 이로움 없어
> 저승길로 모두 돌아갔구나 옛친구들이여[1]

지은이는 친구들이 죽어가는 모습을 보며 이렇게 애통해 했다. 당시 정치사회가 얼마나 불안했었는지를 알 수 있다.

김안로가 사사되자 귀양에서 풀려나 형조 · 이조 · 예조 판서 · 대사헌

---

1 하겸진 저, 기태완 · 진영미 역, 『동시화』(아세아문화사, 1995), 145쪽.

등 요직을 역임했다. 을사사화 때는 중추부의 한직으로 좌천되었고 장연으로 또 유배되었으며 적소에서 죽었다.

중종의 병이 위독해지자 공이 항상 궁궐에 있으면서 침식할 겨를이 없을 정도로 정성을 다하였다. 이어 중종이 승하하자 근심으로 초췌해진 나머지 병이 되었는데, 마침 사은사로서 연경에 가기로 되어 있었으므로 사람들이 모두 가는 것을 어렵게 여겼다. 인종이 승지를 보내어 병을 물으며 말하기를, "경의 병이 깊은지라 가기가 어려울까 걱정된다." 하였으나, 공이 굳게 청하여 길을 나섰다. 얼마 안 되어 인종이 승하했다는 소식을 듣고 상심으로 수척해져 병이 위독해졌는데, 명종이 급히 역마를 달려가게 하여 개소(開素)를 명하였으나 공은 간곡하게 사양하였다. 북경에 도착하자 부개 이하가 공의 병을 위태롭게 여겨 다들 육식을 권하였으나 공은 끝내 따르지 않았다. (…중략…)

병이 위독해지자 자식들에게 말하기를, "나는 덕이 천박한데도 지위가 높아 재앙을 불러들였다. 번성하고 차면 손해를 초래하게 된다는 것은 참으로 진리이다. 다만 자신을 반성하여 마음에 조그만큼이라도 겸연쩍음이 없다면 죽어도 유감이 없다." 하고 갑자기 서거하였으니, 향년 68세였다.[2]

그는 이렇게 임금께 충성했다. 나라의 험난한 일을 마다하지 않았으며 진솔했고 도량이 컸다. 언제나 유유자적 늘 책을 읽었다. 제사 때는 아무리 추워도 반드시 목욕재계하고 부모를 추모함에 정성을 다했다.

지금까지 알려진 국내의 문인계회도 중 제일 오래된 작품이 「성세창 제시 미원계회도(成世昌 題詩 薇垣契會圖)」이다. 고려시대와 조선시대에 유행하였던 문인들의 계모임을 묘사한 그림이다. 조선 초기 하관(병조의 별칭)에 근무했던 전직과 현직의 낭관들의 계회를 그린 작자 미상의 계

시조로 보는 우리 문화

---

2 『국조인물고』 권 47, 을사이후이화인. NAVER 지식백과.

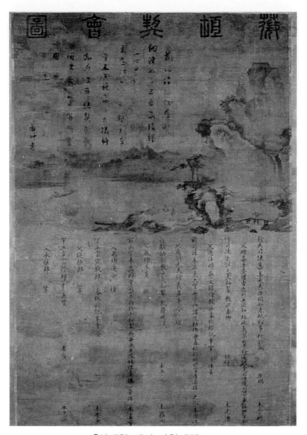

「성세창 제시 미원계회도」

보물 제868호, 국립중앙박물관

출처: 문화재청

회도이다.

상단에 '미원계회도'라는 전서체의 제목이 있으며 중단에는 산수를 배경으로 계회의 장면이 그려져 있다. 그리고 하단에는 참석자들의 좌목이 기록되어 있다. 미원이란 사간원의 별칭이다.

좌목 참석자는 유인숙, 홍춘경, 이명규, 나세찬, 이황, 김〇, 이영현 등 7명이다. 여기에 '가정신축국추번중서(嘉靖辛丑菊秋蕃仲書)'라는 관기가

「성세창 제시 하관계회도」

보물 제869호, 국립중앙박물관

출처: 문화재청

들어 있는 성세창의 찬시가 들어있다. 계회도는 문인 관료들의 모임을 그린 기록화다. 문인들은 친목도모와 풍류를 즐길 목적으로 계회를 자주 열었다. 이 계회도는 1540년에 제작됐는데 조선 전기의 대가 안견의 화풍을 따르고 있다.

「성세창 제시 하관계회도(成世昌 題詩 夏官契會圖)」는 군사에 관한 업무를 맡아보던 하관에 근무했던 관리들의 계회 모습을 그린 계회도이다.

중종 36년(1541)에 제작된 이 계회도의 상단에는 '하관계회도(夏官契會 圖)'라는 명칭이 적혀 있으며, 중단에는 산수를 배경으로 한 야외에서의 계회 장면이 그려져 있다. 하단에는 참석한 선비들의 관직, 성명, 본관 등의 사항이 기록되어 있으나 오래되어 알아볼 수 없는 글자도 있다. 왼쪽 여백에 쓰인 조선 중기 문신인 성세창의 시를 통하여 인종 16년(1541) 가을의 작품임을 알 수 있다.

글씨로는 파주의 성이헌여완갈(成怡軒汝完碣), 경기도 광주의 부사정 광보묘비(府使鄭光輔墓碑)·이집의수언묘비(李執義粹彦墓碑), 파주의 성 지사세명묘비(成知事世明墓碑), 용인의 정포은갈(鄭圃隱碣), 홍주의 민 대사헌휘비(閔大司憲暉碑), 익산의 소자파표(蘇自坡表) 등이 있다. 서· 화·음에 뛰어나 삼절로 일컫는다.

성세창은 일생을 4대 사화 속에서 살았다. 그는 사림이었으면서도 비 록 적지에서 죽었으나 사사당하지는 않았다. 자신의 육신과 정신을 일생 지켜낸 인물이다. 임금에게는 충을, 집에서는 효를 실천한 선비였다. 저 서로『돈재집』,『식료찬요』가 있다.

어떻게 사는 것이 현명하게 사는 것인가. 후세인들에게 물음을 주고 간 인물이다.

8. 조광조의 「저 건너 일편석이…」

조광조(趙光祖)　　1482(성종 13) ~ 1519(중종 14)

　　조선 중종 때 김굉필의 문인으로 성리학을 연구하여 사림파의 영수가
되었다. 정몽주, 길재, 김종직, 김굉필로 이어지는 사림의 대표적인 인물
이다. 사림의 지지를 바탕으로 도학 정치의 실현을 위해 현량과, 위훈삭
제, 소격소 혁파, 여씨 향약 실시 등 개혁 정치를 단행하였으나 훈구파가
일으킨 기묘사화로 능주로 귀양가 한 달 만에 사사되었다.

8. 불세출의 현인, 조광조

중종은 신진 사류들을 등용했다. 훈구 세력을 견제하고 유교 정치를 실현하고자 조광조를 불러들였다. 그는 정몽주, 길재, 김종직, 김굉필로 이어지는 사림의 대표적인 인물이다.

조광조는 도학 정치 실현을 위해 개혁 정치를 단행했다. 여씨 향약, 현량과를 실시했으며 소격소 혁파를 주장했다.

그러던 중 그는 훈구 세력의 아킬레스건을 건드리고 말았다. 위훈 삭제 사건이었다. 그것은 훈구파들이 자신의 목숨을 내놓아야 하는 위험천만의 것이었다.

그는 자격 없는 반정 공신호를 박탈해 줄 것을 중종에게 건의했다. 이는 훈구 세력의 강한 반발을 샀고, 결국 기묘사화의 도화선이 되었다.

조광조의 주장은 집요했다.

중종은 물리치고 또 물리쳤다.

일곱 번째 상소를 올렸다.

"한 번 공훈을 정했다가 뒤에 다시 삭제할 수는 없다."

중종은 버틸대로 버텼다.

사헌부, 사간원, 홍문관 삼사가 합세하여 집단 사직서를 제출했다. 이들은 열흘이 넘도록 조정에 나타나지 않았다. 중종은 어쩔 수 없이 물러섰다. 반정 공신 3분의 2인 76명의 공훈을 박탈했다. 위훈 삭제 사건이었다.

조광조가 대사헌에 오르자 모든 법집행이 공정해졌다. 많은 사람들이 이에 감복했다.

"우리 상전께서 오셨다."

거리에 나가면 백성들은 환호했다.

참아왔던 훈구 세력의 반격이 일제히 시작되었다.

소인배로 비난 받던 남곤, 판서 자리에서 쫓겨난 심정, 신진 사류에 불만을 품었던 홍경주 등은 뒤에서 무서운 음모를 꾸미고 있었다.

홍경주의 딸은 후궁으로 중종의 총애를 받고 있었다.

"백성의 인심이 조광조에게 돌아가고 있어요. 정국 공신을 박탈하고 왕실들의 우익을 제거한 뒤 역모를 꾸미고 있어요."

"또한 벌레를 잘 타는 나뭇잎에 '주초위왕(走肖爲王)'이라 쓰고 그 위에 꿀물을 바르도록 하세요."

희빈은 아버지 홍경주가 시키는 대로 했다.

며칠이 지나자 벌레가 나뭇잎을 갉아먹기 시작했다. 여기저기에서 '주초위왕'의 글자가 선명하게 나타났다.

"조광조의 역심을 하늘이 알려준 것이옵니다."

주초위왕(走肖爲王), 주(走)와 초(肖)를 합하면 '趙'가 되어 곧 조광조가 왕이 된다는 의미이다. 희빈 홍씨는 조광조 일파가 음모를 꾸미고 있어 그렇게 나타난 것이라고 중종에게 고했다.

희빈 홍씨는 이 사실을 궁중에 퍼뜨렸다. 중종은 조광조를 비롯, 사림

세력들을 일제히 옥에 가두었다.

150여 명의 성균관 유생들이 억울함을 호소했다. 중종은 이를 참작, 조광조, 김정, 김구, 김식 등을 유배형과 결장 100대로 다스렸다. 대신들은 조광조를 사형에 처해야 한다며 연일 상소를 올렸다. 결국 조광조는 적소인 화순 능주에서 38세의 아까운 나이에 사사되고 말았다. 개혁에 참여했던 많은 사림파들도 함께 참수되었다.

이를 기묘사화라 하며. 이때 희생된 사람들을 '기묘명현(己卯名賢)'이라고 한다. 5년간의 도학 정치 개혁은 후세에 많은 교훈을 남긴 채 결국은 참극으로 끝나고 말았다.

후대 이이는 말했다.

> 옛사람들은 반드시 학문이 이루어진 뒤에나 이론을 실천하였는데 이 이론을 실천하는 요점은 왕의 그릇된 정책을 시정하는 데에 있었다. 그런데 그는 어질고 밝은 자질과 나라 다스릴 재주를 타고 났음에도 불구하고 학문이 채 이루어지기 전에 정치 일선에 나간 결과 위로는 왕의 잘못을 시정하지 못하고 아래로는 구세력의 비방도 막지 못하고 말았다. 그러나 그가 도학을 실천하고자 왕에게 왕도의 철학을 이행하도록 간청하기는 하였지만 그를 비방하는 입이 너무 많아 비방의 입이 한번 열리자 결국 몸이 죽고 나라를 어지럽게 하였으니 후세 사람들에게 그의 행적이 경계가 되었다.[1]

이 땅에 도학 정치를 실현해 보고자 했으나 현실의 벽은 너무나도 높았다. 신진 사류의 계획은 수포로 돌아갔고, 시계추는 그만 과거로 되돌아가고 말았다. 짧은 경륜과 급진 개혁이 노련한 훈구 세력들에 의해 무참히 짓밟히고 만 것이다.

---

1 이응백 감수 외, 『한국국문학자료사전』(한국사전연구사, 2002), 2675쪽.

조광조 묘소
경기도 기념물 제169호, 경기도 용인시 수지구 상현동 산 55-1

시조로 보는 우리 문화

임금 사랑하기를 아버지 사랑하듯 했고
나라 근심하기를 집안 근심하듯 했노라
밝은 해가 아래 세상을 내려보고 있으니
가이없는 이내 충정 길이 길이 비추리라

— 조광조의 절명시(絶命詩)

1519년 11월 19일 전남 능주에서 사약을 받고 쓴 절명시이다.

"내가 죽거든 관을 얇게 만들고 두껍게 하지 말라. 먼 길 가기 어렵다."

북쪽 한양을 향해 사배했다.

한 사발 약을 단숨에 들이키고 선혈을 토하며 엎어졌으나 숨이 끊어지지 않았다.

"약을 더 가져오라"

두 번째 탕약을 마시고 절명했다. 역성 혁명을 꾀했다는 억울한 누명을 쓰고 죽은 것이다.

화순군 능주면 남정리 적소에는 그의 사당과 적려 유허비가 있다. 유허비의 앞면에 '정암조선생적려유허추모비'라는 글씨를 2줄의 해서체로 새겼으며, 뒷면에는 선생의 유배 내력을 적었다. 비문은 송시열이 짓고 글씨는 송준길이 썼다.

화순군 이서면에 화순 절벽이 있다. 일제시대에 '조선 10경'의 하나로 꼽혔던 명승지다. 기묘사화 때 동복에 유배된 최산두가 이곳의 풍광을 보고는 중국의 적벽과 맞먹는다 하여 이름을 붙였다. 노루목 적벽, 보산 적벽, 창랑 적벽, 몰염 적벽 등 4개의 절벽이다.

천지간 얽매임과 머무름 없었던 김삿갓이 죽기 전에 마지막 머문 곳이기도 하다.

"무등산이 높다더니 소나무 아래에 있고/적벽강이 깊다더니 모래 위를 흐르는구나"

적벽에 취해 김삿갓도 이렇게 읊었던 곳이다.

이 적벽은 조광조가 죽기 전 25일 동안 배를 타고 다니며 한을 달랬던 가슴 아픈 곳이다.

저 건너 일편석(一片石)이 강태공의 조대(釣臺)로다

문왕은 어디 가고 빈 대만 남았는고

석양에 물 차는 제비만 오락가락 하더라

적소의 노래이다.

강태공은 위수에서 낚시질을 하다 문왕을 만나 군사가 되었다. 그리고 문왕의 아들 무왕을 도와 은나라를 정벌했다. 이를 빗대어 노래했다. 인재를 알아보는 군왕은 어디 가고 일편석, 빈 낚시터만 남았느냐고 묻고

화순정암조광조선생적려유허비
전라남도 기념물 제41호, 전남 화순군 능주면 남정리 174

출처 : 문화재청

있다. 문왕은 중종을, 강태공은 자신을 지칭하고 있다. 한가로이 물 차는 제비만 물 위를 오락가락한다는 것이다.

개혁의 동지들이 나락으로 떨어진 지금, 자신의 목숨도 언제 꺼질지 모른다. 체념과 회한에 찬 가슴 저린 시조이다.

선조 초 영의정으로 추증, 문묘에 배향되었고 화순의 죽수서원, 희천의 양현사, 용인의 심곡서원, 도봉구의 도봉서원 등에 향사되었다. 김굉필, 정여창, 이언적과 함께 동방 사현으로 부른다.

저서로는 『정암집』이 있으며 대부분이 소(疏) · 책(策) · 계(啓) 등의 상소문과 몇가지 제문들이다. 시호는 문정이며 『동국선가』에 시조 2수가 전하고 있다.

죽수서원

전라남도 문화재 자료 제30호, 전라남도 화순군 한천면 모산리 15-3

불세출의 현인 조광조. 그의 도학 정치의 꿈은 끝내 이루지 못했다. 개혁이라는 교훈의 무수한 화두 거리만 세상에 남겨놓고 갔다. 지금도 저만치 꺼지지 않는 빛으로 남아 어둠을 밝혀주고 있다.

9. 김식의 「월파정 높은 집에…」

김식(金湜)　　1482(성종 13) ~ 1520(중종 15)

조선 전기의 문신·학자로 사림파의 대표적인 인물이다. 현량과에서 장원으로 급제, 부제학을 거쳐 대사성이 되었다. 조광조와 왕도 정치의 실현을 위해 정치 개혁을 추진하다 기묘사화로 선산으로 유배되었다. 신사무옥에 연좌되어 절도로 이배된다는 말을 듣고, 거창 산중으로 피신했다. 거기에서 절명시를 남기고 자결했다. 기묘팔현의 한 사람이다.

9. 김묘 팔현 김식

김식은 현량과에서 장원으로 급제, 부제학을 거쳐 대사성이 되었다.
조광조와 왕도정치의 실현을 위해 정치 개혁을 추진하다 기묘사화로 선
산으로 유배되었다.

> 월파정 높은 집에 한가히 올라앉아
> 사면을 둘러보니 이수중분(二水中分) 앞에 있다
> 아이야 삼산이 어디메니 나는 젠가 하노라

이때에 지은 작품으로 보인다. 선산의 한가로운 삶과 아름다운 풍경을
읊고 있다. 월파정은 선산에 있는 송순, 사도세자도 절구로 읊을 만큼 아
름다운 정자이다. 월파정 기문은 조선초 문장가 양촌 권근이 썼으며 임
억령, 남구만, 정약용도 다녀간 유명한 정자이다.

월파정 누각에 올라앉아 사방을 둘러보니 이수중분이 바로 앞에 있다.
'이수중분'은 이백의 시 「등금릉봉황대」에 나오는 시구이다.

김식이 목숨을 끊었다는 들머리 동구바위

삼산은 푸른 하늘 끝에 반쯤 걸려 있고
물줄기는 백로주에서 둘로 나뉘었네

선산의 실제 풍경을 이백이 읊은 금릉의 풍경을 연결시켜 읊고 있다. '삼산'은 중국 금릉에 있는 세 봉우리의 산이고 '이수'는 백로주 섬을 사이에 두고 갈라진 두 줄기 강물을 말한다. '삼산이 어디메냐'라고 묻고 '나는 저기인가' 라고 대답하고 있다. 그의 이상적 세계가 투영된 시조이다.

이 이백의 「등금릉봉황대」는 지금도 시조창 각시조로 불리워지고 있는 곡이기도 하다.

김식은 신사무옥에 연좌되어 절도로 이배된다는 말을 듣고, 거창 산중으로 피신했다. 거기에서 절명시 「굽신천세의」를 남기고 자결했다.

해는 기울어 하늘은 어둑한데
텅빈 산사 위에 구름이 떠가네
군신에겐 천 년의 의리가 있는데
어느 외로운 무덤에 있는가[1]

넘터마을에는 문의공 김식과 관련된 자취가 있다. 김식은 조광조와 함께 훈구파를 제거하고 왕도 정치를 실현하는 개혁 정치를 펼치다 1519년 기묘사화를 맞아 여기로 몸을 숨겼다. 들머리 동구바위 아래 숨어 지내다 바위에 '白巖(백암)'이라 써놓고는 이듬해 6월 16일 목숨을 끊었다. 헌종 때 이 마을에 그를 기리는 완계서원이 들어섰으나 흥선대원군의 서원철폐령으로 없어지고 지금은 모정비가 서 있다.[2]

그의 옷소매엔 남곤, 심정의 간악한 죄상을 밝힌 상소문이 들어 있었다.

행장의 소는 이러했다.

"망명한 신 김식은 삼가 절하고 신의 참마음을 드러냅니다. 신이 전하를 저버리고 망명하였으므로 참뜻을 드러내고자 하여도 잔말이 될 뿐임을 잘 압니다마는, 신의 망명도 까닭없는 것이 아니니 소견을 대략 말하여 전하께서 먼 장래를 생각하시도록 하지 않고서는 견딜 수 없습니다. (…중략…)

심정이 청의에 용납되지 못하여 가슴에 원한을 쌓았는데, 조광조가 성상의 지우를 받아 학자가 다같이 쏠리고 소민이 찬미함에 따라, 도리어 어그러지는 참문으로 드디어 사림의 화를 꾸미고 부끄러움이 없

---

1 하겸진 저, 기태완 · 진영미 역, 『동시화』(아세아문화사, 1995_, 142쪽.

2 경상남도 거창군 주상면 완태리에 있었던 서원. 1664년(현종 5)에 지방유림의 공의로 김식의 절의와 학문을 추모하기 위해 창건하여 위패를 모셨다. 1680년(숙종 6)에 '완계' 라고 사액되어 선현배향과 지방교육의 일익을 담당하여 왔다. 그 뒤 1869년(고종 6)에 대원군의 서원철폐령로 훼철되었다. 출처 : 『한국민족문화대백과』, 한국학중앙연구원.

는 무리를 거둬들여 조정을 채웠다 합니다. 그렇다면 전하의 조정이 아니라 바로 심정의 조정이니, 전하의 형세 또한 외롭고 위태롭지 않겠습니까? 신이 그러므로 은인하고 망명하여 물러가 기다렸다가, 간흉의 위험이 임금에게 닥치면 몸을 일으켜 난에 앞장서 나아가 전하께서 세상에서 보기 드물게 대우하여 주신 데에 보답하려 하였습니다. 이것이 신의 본디 뜻한 것이었습니다. 또 신은 전하께서 광조를 의심하신 것이 본심이 아니고 신 등을 죄주신 것도 본심이 아님을 잘 알므로 이 구구한 말을 합니다. 전하께서 다행히 신의 뜻을 깊이 살피고 시세를 보신다면 간흉의 정상을 아실 수 있을 것입니다. 감히 이 때문에 아룁니다."**3**

왕조실록은 김식을 다음과 같이 말하고 있다.

사신은 논한다. 김식이 거창의 산골에서 스스로 목을 매어 죽었다. 김식은 총명하고 잘 기억하며 자서·사서를 널리 보았는데 성리의 글에 더욱 정통하였다. 스스로 운수가 맞지 않음을 알아서 벼슬할 생각이 조금도 없었는데, 천거에 따라 갑자기 승천되매 조우(遭遇)에 감격하여, 드디어 시세를 돌보지 않고 고도(古道)를 지금에 죄다 행하려 하다가 재앙이 문득 자신에게 미쳤으니, 이때로서의 계책은 바른 절개를 지키며 죽음을 기다리는 것일 뿐인데, 필부의 도망을 어찌 본뜰 수 있는가? 죽음에 임한 꾀를 보면 그 뜻은 슬퍼할 만하나, 그 계책이 지극히 잘못되어 처자와 친구가 모두 그 화를 입게 되었으니 평생에 배운 힘이 어디에 있는가?**4**

명종 때 복관되었고 선조 때에 영의정에 추증되었다. 시호는 문의이며 기묘팔현의 한 사람이다. 양근의 미원서원, 거창의 완계서원 등에 제향되었으며 시조 3수가 전하고 있다.

---

3 『중종실록』, 39권 15년(1520 경진/명 정덕 15년) 5월 27일(갑인) 2번째 기사.
4 위의 글.

청풍김씨문의공파묘역

경기도 기념물 제177호, 경기 남양주시 경강로 399번길 24, 일원 (삼패동)

출처 : 문화재청

김식은 조광조와 함께 이상 정치를 실현하다 실패했다. 학자는 학자의 길을 정치가는 정치가의 길을 가는 것이 분수를 지키는 일이다. 그는 사림파의 대표적인 인물로 벼슬에 관심이 없고 성리학 연구에 몰두한 학자이다. 자결로서 의리를 저버리지 않았으니 그래도 그는 선비다운 선비로 생을 마감했다.

10. 신광한의 「심여장강 유수청이요…」

시조로 보는 우리 문화

신광한(申光漢)　　1484(성종 15) ~ 1555(명종 10)

　　조선 중기의 문신으로 신숙주의 손자이다. 기묘사화가 일어나자 조광
조 일파로 탄핵을 받아 삼척부사로 좌천되었다. 을사사화 때 소윤에 가
담, 대윤의 제거에 힘써 영성부원군에 봉해졌다. 성품이 순후하고 학문이
해박하며 문장에 능했다. 그의 소설은 『금오신화』의 뒤를 이어 허균이나
임제, 권필 등의 본격적 소설시대를 연결해 준 작품으로 문학사적 평가를
받고 있다.

10. 유수청(流水淸), 무시비(無是非), 신광한

심여장강 유수청이요 신사부윤 무시비라
이 몸이 한가하니 따르나니 백구로다
어즈버 세상명리설이 귀에 올까 하노라

마음은 긴 강 같아 흐르는 물은 맑고 몸은 뜬 구름 같아 아무 시비가 없
구나. 이 몸이 한가하니 따르나니 갈매기로다. 아, 세상 명리에 대한 말,
귀로 듣고 싶지 않구나.

기묘사화가 일어나자 신광한은 조광조 일파로 탄핵을 받아 삼척부사
로 좌천되었다. 이듬해에 파직되었고 다시 여주로 추방되었다. 거기에서
18년을 살았다.

위 시조는 세상의 시비를 떠나 백구와 벗하며 한가로이 살고 싶은 심
정을 표현했다. 세상 명리가 얼마나 힘들고, 허무한 것인가를 명징하게
보여주고 있다. 그때에 지었던 시조가 아닌가 생각된다.

신광한의 호는 낙봉·기재·석선재·청성동주이다. 공조참판 장의 증

손으로 할아버지는 영의정 숙주이며, 아버지는 내자시정 형이다.

성종이 연산군의 어머니 폐비를 사사하자 공의 선대부 형이 장례를 감독했다. 연산이 즉위했다. 광한은 당시의 일을 기록한 『양비일기』(襄妣日記 장사 지낼 때의 일기)가 있다는 말을 듣고는 급히 찾았다. 폐비 윤씨의 장례를 치룬 광경을 그대로 적어놓은 책이었다. 광한은 일찍이 장례에 따른 물품이 검소했다는 말을 들어 어린 마음에도 임금이 본다면 크게 노할 것 같았다. 그래서 반드시 죄가 자기에게까지 미칠 것 같아 불태웠다. 그리고는 그런 책은 없다고 했다.

그가 형조판서로 있을 때였다. 죄를 제대로 판결하지 못해 죄수가 옥에 가득했다. 더 수용할 감옥이 없어서 임금님께 옥사를 넓혀줄 것을 청했다.

중종은 이에 "판서를 바꾸면 되는데 무엇하러 옥사를 늘리겠는가" 하고 허자로 하여금 그 직을 대신하게 하였다. 과연 일을 속히 처결해 곧 옥사가 비게 되었다.

문장에는 능했으나 정치적 수완은 그리 뛰어나지 못했던 것 같다.

> 기재 신광한 상공이 일찍 낮잠을 자다가 소나기가 하분을 지나가자 깨었다.
> '꿈에 서늘하더니 연잎에 비가 뿌렸다'
> 그러나 그 대구를 얻지 못해 율시 한 수를 지어 초고에 그 행간을 비워두었다. 반드시 기이한 대를 찾아 메우고자 했다.
> 기문 박란이 이를 보고 말했다.
> '옷이 젖더니 돌에 구름이 일다'
> 기제가 '아니다'라고 말했다. 기제는 세상을 떠날 때까지 그 대구를 얻지 못했다. 시인이 구를 찾는 데 부지런함이 이와 같았다.[1]

---

1 차용주 역주, 『시화 총림』(아세아문화사, 2011), 275쪽

홍섬이 쓴 신광한의 묘지명에는 그가 어떻게 살아왔고 처신해 왔으며 성품이 어떠했는지 자세히 그려져 있다. 그의 삶의 참모습을 조감할 수 있는 좋은 자료이다.

성품이 담박함을 좋아하고 화려한 것을 즐겨하지 않았다. 부인이 홍단의(紅段衣)를 지으려는 것을 보고 묻기를, "장차 어디에 쓰려고 하시오?" 하니, 부인이 말하기를, "장차 공의 옷을 지으려합니다." 하였는데, 공이 노여워하며 말하기를, "빛깔이 붉은 것은 임금의 의복에 가까우니 신자(臣子)나 예의를 아는 사람이 입기에는 적합한 바가 아니오." 하면서, 즉시 버리도록 하였다.

공은 타고난 성품이 효성스러워 부모에게 잘 순종하였으며 모부인(母夫人)을 섬김에 기뻐하도록 안색을 살펴 비위를 맞춰드리며 어버이 뜻을 받들어 그 마음을 즐겁게 하려고 마음을 먹었다. 벼슬이 이미 높아졌지만 받은 녹봉은 감히 사사로이 저축하지 아니하고 반드시 대부인에게 여쭌 뒤에야 사용하였다. 대부인이 공에게 관아에서 지급하는 마부를 받겠다는 허락을 하라고 하였지만 공은 불가하다는 것으로 고집하니 대부인이 말하기를, "네 아버지도 일찍이 받지 않더니만 너도 다시 이와 같이 하니 내가 어찌 억지로 하도록 하겠는가?" 하였다.

공의 직질(職秩)이 이미 높은데도 여러 자제들이 오히려 거친 음식을 모면하지 못하였는데 공이 말하기를, "옛날 사람은 일을 부지런히 하고도 오히려 거친 음식을 먹었다. 너희들은 무슨 일을 한 것이 있느냐? 거친 음식을 먹는 것도 스스로 만족하게 여겨야 마땅하다." 하였다. 그리고 성품이 방종하거나 게으른 것을 미워하고 검소하게 단속하는 데 익숙하였으며 비록 자제에 이르러서도 예의로 접대하기를 손님같이 하였고, 두 자제에게 오로지 학문을 익히는 데 힘쓰고 녹봉을 구하는 데는 뜻을 끊도록 하였으며, 과거가 아니면 감히 다른 방법을 통한 진출을 못하게 하였다.[2]

---

2 『국조인물고』 권39 음사, NAVER 지식백과

소수서원에 있는 명종의 어필 '소수서원' 현판

경상북도 유형문화재 제330호, 경북 영주시 순흥면 내죽리 152-1

1510년에 식년 문과에 을과로 급제했으며 1513년 승무원 박사에 등용되었고 홍문관 부수찬·공조정랑을 역임하였다. 조광조 등과 함께 고금의 시무를 논하여 채택되는 바가 많았으며 1518년 특명으로 대사성에 올랐다.

을사사화 때는 소윤에 가담하여 위사공신이 되었고, 같은 해에 우찬성으로 대제학을 겸임, 영성부원군으로 추봉되었으며, 좌찬성에 올랐다. 1553년 기로소에 들었고 궤장을 하사받았으며 1554년에 사직, 그 이듬해에 72세로 병사하였다. 학문을 숭상하여 문장에 능해 많은 시문을 지었으며 그가 대사성으로 있을 때 많은 학도들이 구름처럼 몰려왔다.

이조판서가 되어서는 인사를 공정히 하고, 유일(遺逸, 벼슬하지 않고 초야에 묻혀 사는 학덕이 높은 선비)을 많이 등용하였다. 청렴하고 침착했으며 말을 빨리 하거나 당황하여 안색이 변하는 일이 없었다.

소수서원은 바로 조선 명종의 어필이다. 조선 중종 38년 1543년 풍기군수 주세붕이 건립할 때는 백운동서원이었다. 주세붕의 뒤를 이어 1548년에 풍기군수로 온 퇴계는 백운동서원을 사액해 줄 것을 왕께 요청했다. 이듬해 4월에 명종의 친필 액자를 하사받아 사액서원이 되었으며 우리나라 최초의 서원이 되었다. 사액서원이란 임금이 이름을 지어 그 이

시조로 보는 우리 문화

동해 무릉계곡 '용추폭포'

명승 제37호, 경기도 가평군 가평읍 승안리

용추폭포는 신광한이 지은 단편 소설 「최생우진기(崔生遇眞記)」의 배경지이기도 하다. '최생우진기'란 최생이라는 사람이 진인(眞人), 즉 신선을 만났다는 뜻이다. 즉 이곳 용추는 선경(仙境)의 영역이다.

출처 : http://blog.daum.net/khtseo

름을 적은 현판과 그에 따른 서적, 토지, 노비 등을 나라에서 내려준 서원을 말한다.

소수서원은 왕명을 받은 대제학 신광한이 '기폐지학 소이수지(旣廢之學 紹而修之)' 즉, '이미 무너진 교학을 다시 이어 닦게 하라'는 뜻으로, 여기서 '소(紹)'자와 '수(修)'자를 따 이름을 지었다. 이 현판은 명종이 직접

서울이화장

원래 이 일대는 학자 신광한의 옛집터로 신대라고도 하여 많은 사람들이 찾던 명승
지였다. 인조의 셋째아들 인평대군이 살았던 집이기도 하다.   출처 : 문화재청

써서 하사했다는 점에서 매우 귀중한 자료이다.

신광한은 학문에 있어서는 맹자와 한유를 기준으로 했고, 시문에 있어
서는 두보를 본받았다. 저서로 『기재집』과 전시소설집 『기재기이』가 있
으며, 시호는 문간(文簡)이다. 『화원악보』에 시조 한 수가 전한다.

『기재기이』는 성격이 서로 다른, 꽃을 의인화한 「안빙몽유록」, 문방사
우를 의인화한 「서재야회록」, 신선 체험을 허구화한 「최생우진기」, 명혼
소설류인 「하생기우전」 등의 네 작품이 실려 있다. 「최생우진기」는 두타
산의 신선봉, 용추폭포, 동석산성, 학등 등을 배경으로 주인공 최생의 신
선 체험을 허구화한 소설이다.

『금오신화』의 뒤를 이어 허균이나 임제, 권필 등의 본격적 소설시대를 연결해 준 작품으로 문학사적인 평가를 받고 있다.

화담은 신광한이 세상에 모범이 될 만한 문장을 가지고 있다고 했다. 인격도 훌륭하여 많은 사람들의 표준이 될 만한 인물이라고 칭찬을 아끼지 않았다.[3]

인사를 공정히 했으며 학덕 높은 초야의 선비들을 많이 등용했다. 침착했으며 말을 빨리 하거나 당황하여 안색이 변하는 일이 없었다. 청렴, 검소, 효성 또한 지극했으며 학문을 좋아하고 문장에 능했다. 신광한의 '유수청 무시비'는 현시대를 살아가는 우리에게 꼭 필요한 덕목이 아닐까 싶다.

---

3 이종호, 『화담 서경덕』(일지사, 2004), 174쪽.

11. 김구의 「나온댜 금일이야…」

김 구(金 絿)   1488(성종 19) ~ 1534(중종 29)

중종 때의 문신이며 서예가이다. 기묘사화로 조광조, 김정 등과 함께
투옥되었다. 개령에 유배되었다가 수 개월 뒤 죄목이 추가되어 13년간 남
해절도에 안치되었다. 글씨에 뛰어나 안평대군, 양사언, 한호와 더불어
조선 전기 4대 서예가의 한 사람으로 꼽힌다. 서체가 매우 독특하여 그가
살았던 인수방의 이름을 따서 '인수체'라고 했다.

11. 조선 전기 4대 서예가, 김구

옥당에 숙직하고 있을 때였다. 자암은 밤늦게까지 글을 읽고 있었다. 갑자기 문을 두드리는 소리가 났다. 중종이 와 계신 것이다. 깜짝 놀라 엎드려 예를 다했다.

"달이 밝아 글 읽는 소리가 들려 여길 왔는데 무슨 군신의 예가 필요하겠는가."

중종은 술을 내리며 노래를 청했다. 자암은 감격하여 즉석에서 노래 두 수를 바쳤다.

> 나온댜 금일(今日)이야 즐거운댜 오늘이야
> 고왕금래(古往今來)에 유(類) 없은 금일(今日)이여
> 매일(每日)의 오늘 같으면 무슨 성이 가시리
>
> 오리 짧은 다리 학의 다리 되도록애
> 검은 까마귀 해오라기 되도록애
> 향복무강(享福無疆)하사 억만세를 누리소서

첫째 수는 임금의 뜻하지 않은 방문에 감격하여 읊은 시조이다.

즐겁구나. 오늘이여. 즐겁구나 오늘이여. 고금에 유례없는 영광의 오늘이여. 매일이 오늘 같기만 하면 무슨 성가신 일 있겠습니까. 젊은 선비들에게도 애정을 갖고 계시니 어려운 일이 뭐가 있겠습니까.

둘째 수는 송축가이다.

오리의 짧은 다리가 학의 긴 다리처럼 될 때까지 검은 까마귀가 흰 해오라기처럼 희게 될 때가지 영원한 복을 누리며 억만세까지 사시길 기원하고 있다.

불가능한 것을 가능한 것으로, 비현실적인 것을 현실적인 것으로 표현하여 영원한 향복을 누리시라는 시조이다. 이는 고려가요의 「정석가」에서나 볼 수 있는 수법으로 실현될 수 없는 현실에 대해 절대성을 부여하고 있다. 이상 국가로 나아가는 개혁 정치를 계속 밀고 나가 영원토록 복을 누리시리라는 기원과 함께 신진 사류의 간절한 염원도 담고 있다.

중종은 노래를 듣고 노모에게 드리라고 담비 털옷을 하사했다.

김구는 조선 중기 문신이며 서예가이다. 호는 자암·삼일재이며 시호는 문의이다. 생원·진사에 모두 장원하여 시관을 놀라게 했다. 사마시 때에는 시험관이 시권에 비점을 치며 말하기를, "한퇴지의 작품에다 왕희지의 글씨이다."라고 하며 극구 칭찬했다.

기묘사화로 조광조, 김정 등과 함께 투옥되었다. 개령에 유배되었다가 수 개월 뒤 죄목이 추가되어 13년간 남해 절도에 안치되었다. 이후 임피로 옮겨 1533년에 풀려났다.

기묘사화에 연루된 여러 현신들이 같은 옥에 갇혔다. 밝은 달빛이 뜰에 가득히 내린 어느 날 밤 서로 술을 따라주며 이별의 정을 나누었다.

충암 김정이 먼저 시를 읊었다.

오늘밤 저승으로 영원히 돌아가는데
부질없이 밝은 달만 인간세상 비추네

자암 김구가 시구를 이었다.

연운 땅에 뼈를 묻은 지 오래건만
공연히 흐르는 물만 남아 인간 세상을 향하네

충암이 화답했다.

엄동에 석별할 때로다

이날 밤 차야가 곡을 하니 효직도 곡을 하였다. 차야는 음애의 자이며 효직은 정암의 자이다. 서로 권면하기를 "조용히 의를 따르는 것이 마땅한데 어찌 통곡을 하는가?" 하니 효직이 "조용히 의를 따르는 것을 내가 어찌 모르리오? 다만 임금을 뵙고 싶어서 그러는 것이오"라고 하면서 밤새도록 곡을 그치지 않았다.[1]

글씨에 뛰어나 안평대군, 양사언, 한호와 더불어 조선 전기 4대 서예가의 한 사람으로 꼽힌다. 왕희지와는 다른 필법을 완성한 서체로 서체가 매우 독특하여 그 만의 특징적인 가치를 인정하여 그가 살았던 인수방의 이름을 따서 '인수체'라고 했다. 중국 사람들까지도 그의 글씨를 사갈 정도였다.

선조 때 이조참판에 추증되었고 예산의 덕잠서원, 군산의 봉암서원 등에 배향되었다. 유품으로 「이겸묘지」, 「자암필첩」, 「우주영허첩」 등이 있다. 저서로는 『자암집』이 있는데 경기체가인 「화전별곡」과 시조 5수가 그

11. 김구의 "나온다 금일이야…"

---

1 하겸진 저, 기태완·진영미 역, 『동시화』(아세아문화사, 1995), 139~140쪽.

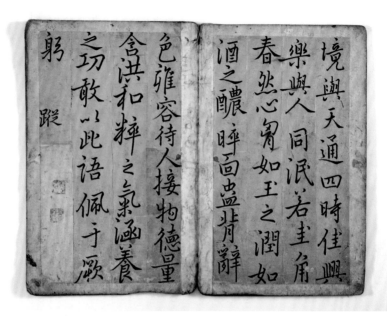

김구의 『자암서법』

자암서법은 김구의 해서 친필로 화명(和銘)을 적은 것이다. 화명은 원의 유학자 오 초려의 저작으로 성리대전서에도 실려 있다. 　　출처 : 충남문화역사연구원

시조로 보는 우리 문화

의 문집에 전하고 있다.

화전은 김구가 유배생활을 했던 남해섬의 별칭이다. 거기에서 그 유명한 경기체가 「화전별곡」을 지었다. 이 곡은 바로 남해섬의 찬가이다.

> 하늘 끝 땅 끝 한 점 신선이 사는 섬에
> 왼쪽으로 구름 보이고 오른쪽 산은 비단 두른듯 파천고천이라.
> 산천은 빼어난데 호걸 준걸이 태어나 인물이 번성하니
> 위 천하 남해의 승지는 그 어떠하던가.
> 풍류와 주색이 한때의 인걸이로다.
> 아, 나 같은 즐거움은 몇 사람이나 누릴건가.

자암 김구 선생이 쓰시던 벼루

번화한 서울을 너는 부러워하였더냐
주나라 육림을 너는 좋아하였더냐.
돌밭의 띠집이라도 시절이 화평하고 풍년이 깃들었으니
시골에 모여 사는 것을 나는 좋아하도다.

— 전6장 중 제1장과 제6장 현대역

도원의 선경을 노래한 이색적인 시조 하나가 있다.

산수 내린 골에 삼색도화 떠오거늘
내 성은 호걸이라 옷 입은 채 들옹이다
꽃일랑 건져안고 물에 들어 속과라

산골물 흘러내린 골짜기에 삼색 도화가 떠오르거늘 내 성정이 호걸스러워 옷 입은 채로 풍덩 뛰어 들어간다. 꽃일랑은 건져 안고서 물에 들어가 솟구친다. 낭만적 흥취를 역동적 이미지로 잡아낸, 어느 시구에서도 찾아보기 힘든 특이한 시조이다.

그도 결국 사화를 비껴가지는 못했다. 15년간 남해에서 긴 유배생활을 마치고 고향 예산으로 돌아와 보니 부모는 이미 세상에 없었다. 슬픔을 이기지 못해 조석으로 산소에 가 통곡하다 그 해 화병으로 젊은 나이에 죽었다. 전해지는 얘기로는 부모 산소의 풀들도 그의 뜨거운 눈물에 말라 모두 시들었다고 한다. 시호는 문의이며 그의 유허비에는 '너무나 짧은 인생이 아깝기만 하다…'고 쓰여 있다.

하, 세상에 이런 일도 있는가. 당쟁의 무참한 희생물이 된 김구 선생. 쓸쓸하지만 그나마 작품과 필법이 남아 생전의 편린을 볼 수 있으니 그나마도 다행이 아닐 수 없다.

12. 서경덕의「마음이 어린 후이니…」

서경덕(徐敬德)　　1489(성종 20) ～ 1546(명종 1)

　　조선 중기의 유학자로 박연폭포, 황진이와 함께 송도삼절로 불린다. 평생 송도에 머물면서 학문 연구와 교육에만 힘썼다. 성리학·수학·도학·역학 등을 연구했으며, 이기일원론을 체계화, 한국 기철학의 학맥을 형성했다. 이 기철학은 하나의 형이상학적 본체론으로 후대 학자들에게 큰 영향을 끼쳤으나 하나의 학파로 발전하지는 못했다.

12. 탈속의 철인, 서경덕

어렸을 때의 일이다. 서경덕은 가난한 집에서 태어났다. 어머니가 나물을 뜯으러 보내면 언제나 빈 바구니로 돌아왔다.

어머니가 그 까닭을 물었다.

"종달새가 나는 모양을 보고 그 이치를 생각하느라 늦었습니다"

이렇게 대답하곤 했다.

종달새는 어떻게 수직으로 날고 울음소리는 대체 무엇을 의미하는 것인지. 종일 그 이치를 생각하느라 나물을 뜯지 못했다.

1519년 현량과에 천거되었지만 사양했다. 1531년에는 어머니의 간곡한 요청으로 생원과에 합격했지만 대과에는 응시하지 않았다. 1544년 말년에는 후릉 참봉 벼슬을 받았지만 이도 사직했다. 이후 그는 은둔의 선비로 처사의 길을 걸었다.

'신은 본래 사리에 어두운데다가 산과 들에서 자라나 조용히 살아왔습니다. 거기에 가난이 겹쳐 거친 음식이나 나물국까지도 끼니에 대지 못할 때가 있었습니다. 이제는 몸이 쇠약해지고 병까지 걸렸으니, 신의 나이 쉰여섯이나 칠십 노인과 다름없습니다. 스스로 쓰임에 적합하지 못함을 알고 있으니, 타고난 대로 숲과 샘물 사이에서 정양(靜養 : 몸과 마음을 휴양함)하며 여생을 보전함이 좋을 것이며, 그것이 분수에 맞는 길일 것입니다.'

— 중종에게 올린 사직을 바라는 글 중에서

1544년 병이 들어 거동하기 불편하게 되었을 때 서경덕은 이렇게 말했다. '성현들의 말씀에 이미 선배 유학자들이 주석을 더하였으니 내가 거듭 말할 필요는 없고, 다만 아직 해명되지 못한 것에 대해서는 기록하여 전해야 하겠다.' 시를 짓는 것 외에 학문적 저술 작업에는 관심을 기울이지 않던 서경덕은 이렇게 삶의 마지막에 가까워진 다음에야 '원리기'(原理氣), '이기설'(理氣說), '태허설'(太虛說), '귀신사생론'(鬼神死生論), '복기견천지지심설'(復其見天地之心說) 등의 길지 않은 학문적 논설을 작성했다.[1]

서경덕의 기철학은 하나의 형이상학적 본체론으로 후대 학자들에게 큰 영향을 끼쳤으나 하나의 학파로 발전하지는 못했다.

호는 복재이다. 송도 화담 부근에 서재를 짓고 살아 화담이라는 별호로 알려져 있다. 시호는 문강이다. 평생 송도에 머무르며 학문 연구와 교육에만 힘썼다. 성리학·수학·도학·역학 등을 연구했으며, 이기일원론을 체계화, 한국 기철학의 학맥을 형성했다. 개성의 숭양서원, 화곡서원에 제향되었으며 저서로는『화담집』이 있다.『청구영언』에 시조 2수가 전하고 있다.

제자로는 이지함, 허엽, 박순 등이 있으며 교우 인물로 김안국, 신광한, 심의, 박우 등이 있다.

---

1 표정훈,『인물한국사—서경덕』, http://dabsarang.com.

『어우야담』에는 다음과 같은 이야기가 실려 있다.

> 가정초에 송도의 명기 가운데 황진이라는 자가 있었다. 여자들 중에서
> 뜻이 높고 협기가 있는 자였다. 화담처사 서경덕의 뜻이 고매하여 벼슬하
> 지 않고 또 학문에 조예가 깊다는 말을 듣고 시험하기 위해 조대를 허리
> 에 두르고 책을 끼고서 찾아가 뵙고 말했다.
> "첩이 들으니 남자는 가죽 띠를 두르고 여자는 실띠를 두른다고 했습니
> 다. 첩은 학문에 뜻이 있어 실띠를 두르고 왔습니다."
> 선생이 훈계하고 가르쳤다. 진이가 밤을 타 선생의 몸에 접근하려 하여
> 마치 마등이 아난존자에게 하는 것처럼 했다. 이같이 하기를 여러 날 했
> 으나 화담은 종시 마음이 흔들리지 않았다.[2]

이후 황진이는 서화담의 문하생이 되었다. 서경덕은 당대의 대석학이
었다. 그는 벼슬에 나아가지 않고 학문과 후학에만 전념하였다.

『성옹식소록(惺翁識小錄)』에는 다음과 같은 이야기가 실려 있다.

> "선생님 송도에는 삼절이 있다는데 그것을 아십니까?"
> 서경덕은 무엇이냐고 물었다.
> "첫째는 박연폭포요, 둘째는 선생님이시고 셋째는 진이입니다."
> "이 비록 농담이기는 하나 또한 그럴듯한 말이구나."
> 서경덕은 웃으며 대답하였다.[3]

진랑이 오는 날이 뜸해졌다. 밤은 깊고 주위는 적막했다. 우수수 낙엽
은 지고 있었다. 영창을 열었으나 주위는 적막했다. 다시금 영창을 닫았
다. 불을 껐다. 잠은 십 리 밖으로 달아나고 정신은 자꾸만 맑아져 갔다.

시조로 보는 우리 문화

---

2 이능화, 『조선해어화사』(동문선, 1992), 337~338쪽.

3 위의 책, 340쪽.

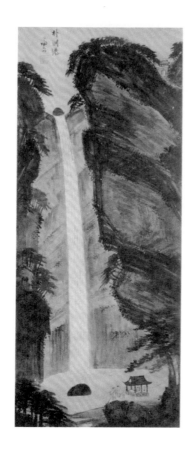

겸재 정선의 박연폭포

출처 : http://sabda7270.blog.me

기다려도 진이는 오지 않았다. 서화담은 초연히 앉아 어둠 속에서 노래를 읊었다.[4]

　　마음이 어린 후이니 하는 일이 다 어리다

　　만중 운산에 어느 님 오리마는

　　지는 잎 부는 바람에 행여권가 하노라

---

4 『동가선』 서화담과의 약속한 밤에 진랑이 가본즉 서화담이 초연히 홀로 앉아서 어둠 속에서 노래를 부르거늘 진랑이 노래를 지어 그 노랫소리에 화답했다.

진랑인들 스승의 인자한 모습을 보고, 부드러운 음성을 듣고 싶지 않았겠는가? 진이는 문밖에 와 있었다. 자신의 사무치는 마음을 스승도 간직하고 있음을 확인하는 순간이었다. 왈칵 눈물이 쏟아졌다. 가슴 깊이 깔려 있던 그동안의 오열을 한꺼번에 쏟아냈다. 한참을 추스렸다.

> 내 언제 무신하여 님을 언제 속였관데
> 월침 삼경에 온 뜻이 전혀 없네
> 추풍에 지는 닙 소리야 낸들 어이하리오

님을 속여 월침삼경에도 올 뜻이 전혀 없는가. 얼마나 보고 싶었으면 이렇게도 절절할 수 있는가. 추풍에 지는 잎 소리야 낸들 어찌하겠느냐. 님이 오기를 애타게 기다리고 있지만 님은 올 생각조차 없다. 잎 지는 소리는 환청으로 들려왔고 진이는 낸들 어떻게 하겠느냐고 반문하고 있다. 서화담의 죽음을 진이는 이렇게 한탄했다고 한다.

> 청산은 내 뜻이요 녹수는 임의 정이요
> 녹수 흘러간들 청산이야 변할 손가
> 녹수도 청산 못 잊어 울어예어 가는고

자기 자신을 청산에 비기고 서경덕을 녹수에 비겼다. 녹수는 없고 청산만 남은 것이다. 물 없는 청산이 되었다. 무슨 허무한 인생이란 말인가. 꼭 서화담의 죽음을 한탄하여 쓴 것만은 아닐 것이다. 흠모했던 인물들을 다시는 만날 수 없어 인생무상을 그리 노래한 것이리라.[5]

말년에 지었던 것으로 보이는 나머지 시조 한 수이다.

5 신웅순, 『연모지정』(푸른사상, 2013), 14~16쪽.

시조로 보는 우리 문화

마음아 너는 어이 매양에 져멋는다
내 늘글 적이면 녠들 어니 늘글소냐
아마도 너 좃녀 단니다가 남우일까 하노라

마음아 너는 어찌하여 언제나 젊었느냐 내 늙을 때에는 너인들 아니
늙을소냐 아마도 너를 쫓아다니다가 남을 웃길까 하노라.

사람은 언제나 젊은 줄 알고 행하다 큰코다치기 십상이다. 예나 지금
이나 인간의 삶은 매한가지이다. 도학자다운 시조이다.

그는 죽음에 이르러 「사람의 죽음을 애도함」이라는 다음과 같은 시를
남겼다.

만물은 어디에서 왔다가 또 어디로 가는지
음양이 모였다 헤어졌다 하는 이치는 알듯 모를 듯 오묘하다
구름이 생겼다 사라졌다 하는 것을 깨우쳤는지 못 깨우쳤는지
만물의 이치를 보면 달이 차고 기우는 것과 같다
시작에서 끝으로 돌아가는 것이니 항아리 치며 노래한 뜻을 알겠고
아, 인생이 약상(弱喪) 같다는 것을 아는 이 얼마나 되는가
제 집으로 돌아가듯 본래 상태로 돌아가는 것이 죽음일지니 [6]

은둔의 선비로 처사의 길을 걸었던 도학자 서경덕. 그의 기철학이 학
파로는 발전하지는 못했으나 그의 도학은 지금도 우리의 가슴속에 남아
지난할 때마다 때로는 민중의 지팡이로 삶의 시시비비를 가려주고 있다.
얼마나 다행한 일인가.

---

6 표정훈, 앞 블로그.

13. 이언적의 「천복지재 하니 …」

시조로 보는 우리 문화

이언적(李彦迪) 1491(성종 22) ~ 1553(명종 8)

조선 중종 때의 문신으로 성리학의 정립에 선구적인 역할을 했다. 그의 주리적 성리설은 이황에게 계승되어 영남학파의 주요 학설이 되었으며 조선시대 성리학의 큰 흐름을 형성했다. 회재 이언적의 「일강십목소」는 퇴계의 「무진육조소」, 남명의 「을묘사직소」(일명 단성소)와 함께 역사적인 상소로 손꼽히고 있다. 양재역 벽서 사건에 연루되어 강계로 유배, 적소에서 죽었다.

13. 성리학의 선구자, 이언적

이언적은 성리학자로 호는 회재·자계옹이다. 이름은 적이었으나 중종의 명으로 언적으로 고쳤다. 1514년 24세에 문과에 급제, 이조정랑·밀양부사를 거쳐 1530년 사간이 되었다. 이때 김안로의 재등용을 반대하다 관직에서 쫓겨났다. 그는 경주 자옥산에 들어가 독락당을 짓고 성리학 연구에 몰두했다.

하루는 심언광이 말했다.

"김안로가 소인인 것을 어찌 아는가"

"안로가 경주부윤으로 있을 때 그 용심 처사하는 것을 익히 보았는데 참으로 소인이라. 만일이 사람이 권세를 잡는다면 반드시 나라를 그르칠 것이다."

언광이 노하여 조정에 고했다.

"이언적이 조정에 있으면 안로가 들어올 수 없다."

언적을 논핵 파면했다.

안로는 자기를 공격하였다는 말을 듣고도 노하지 않았다.

경주 사람이 뇌물을 바치고 벼슬을 구하는 자가 있으면 안로가 그 사람

경주 독락당

보물 제413호, 경북 경주시 안강읍 옥산서원길 300-3

옥산서원 뒷편에 있으며 회재 이언적이 벼슬을 그만두고 고향에 돌아와 지은 사랑채이다. 옥산정사 편액은 퇴계 이황의 글씨이다.

에게 말했다.

"절대로 이언적으로 하여금 알게 하지 말라."[1]

1537년 김안로가 몰락하자 재등용되어 성균관 대사성, 이·형·예조 판서를 거쳐 의정부 우·좌찬성에 올랐다.

그의 삶은 순탄치만은 않았다. 을사사화 때는 관직에서 물러났고 정미사화 때는 강계로 유배되었다.

---

1 이가원, 『이조명인열전』(을유문화사, 1965), 267쪽.

신의 딸이 남편을 따라 전라도로 시집을 가는데 부모 자식 간의 정리에 멀리 전송하고자 하여 한강을 건너 양재역까지 갔었습니다. 그런데 벽에 붉은 글씨가 있기에 보았더니, 국가에 관계된 중대한 내용으로서 지극히 놀라운 것이었습니다. 이에 신들이 가져와서 봉하여 아룁니다. 이는 곧 익명서이므로 믿을 수는 없습니다. 그러나 국가에 관계된 중대한 내용이 고 인심이 이와 같다는 것을 알리고자 하여 아룁니다.

—『명종실록』 2년 9월 18일

정언각이 발견한 양재역에 있던 벽서의 내용은 이러했다.

여왕이 위에서 정권을 잡고 간신, 이기 등이 아래에서 권세를 농간하고 있으니 나라가 장차 망할 것을 서서 기다릴 수 있게 되었다. 어찌 한심하 지 않은가.

—『명종실록』 2년 9월 18일

왕을 비방하는 벽서의 내용을 보고 윤인경, 이기, 정순붕, 허자, 민제 인, 김광준, 윤원형이 왕에게 아뢰었다.

당초에 역적의 무리에게 죄를 줄 적에 역모에 가담했던 사람을 파직도 시키고 부처(付處)도 시켜서 모두 가벼운 쪽으로 하여 법대로 따르지 않 았습니다. 그래서 여론이 이와 같은 것입니다. 이것은 화근이 되는 사람 이 아직 남아 있기 때문입니다. 신들이 함께 의논하여 아뢰니, 즉시 죄를 정하여 교서에 자세히 기록해서 중외가 다 알게 하소서.

—『명종실록』 2년 9월 18일

이 '벽서의 옥'은 을사사화 때 제거되지 못했던 윤임 일파의 잔여 세력 과 사림 세력이 내몰리게 된 사건이다. 정미년에 사림들이 당한 화라 하 여 '정미사화'라고도 한다.

윤원형을 탄핵하여 삭직케 했던 송인수와 윤임과 혼인 관계에 있었던 이약수는 사형에 처해지고 이언적, 정자, 노수신, 정황, 유희춘 등 20여 명이 유배되었다. 이들 중에는 사림계의 인물들이 대부분이었다.

그는 강계 배소에서 많은 저술을 남겼으며 거기에서 생을 마쳤다.

인에 대한 집중적 관심을 보여준『구인록』, 학자들의 여러 예설을 모아 편집한 제례에 관한『봉선잡의』, 대학에 대한 그의 독창적인 견해를 보여준『대학장구보유』,『속대학혹문』, 진덕수의『대학연의』제왕학을 중용의 구경으로 보완한 미완성인『중용구경연의』등이 있다. 그가 왕에게 올렸던 상소문인 군주 사회의 통치 원리를 제시한「일강십목소」와「진수팔규」는 왕도 정치의 기본 이념 추구, 도학적 경세론의 압축된 체계를 제시해 주고 있다. 특히 회재 이언적의「일강십목소」는 그 유명한 퇴계의「무진육조소」, 남명의「을묘사직소」(일명 단성소), 황준량의「민폐십조소」와 함께 역사적인 상소로 손꼽히고 있다.

그는 조선의 유학이 나아가야 할 방향을 제시함으로써 성리학의 정립에 선구적인 역할을 했다. 그의 주리적 성리설은 이황에게 계승되어 영남학파의 주요 학설이 되었으며 조선시대 성리학의 큰 흐름을 형성했다.

> 만물이 변천해 정한 형태가 없으니
> 일신의 한적함도 스스로 때에 따르고자 한다
> 이즈음 점차 경영하는 힘을 보고
> 길이 청산을 향해 말하지 않고자 한다[2]

> 만물이 때를 만나면 모두 스스로 즐거워 하고

시조로 보는 우리 문화

---

2 차용주,『시화총림』(아세아문화사, 2011), 357쪽.

일신도 분수에 따르니 근심이 없다[3]

말의 뜻이 매우 높아 용렬하게 시를 짓는 자들은 미치지 못한다고 했다. 수양의 정도가 어떠했는지 짐작할 수 있다.

> 천복지재(天覆地載)하니 만물의 부모로다
> 부생모육(父生母育)하니 이 나의 천지로다
> 이 천지 저 천지 즈음에 늙을 뉘를 모르리라

하늘과 땅이 만물을 자라나게 하는 부모라 했고 부모는 나를 낳아 길러준 천지라고 하였다. 천지는 부모라는 말을 부모는 천지라는 말을 바꾸어 사용하였다. '이 천지 저 천지'는 앞에서 말한 천지와 부모를 말한 것이다. 두 천지, 두 부모 사이에서 만물과 인간은 늙을 줄을 모르고 즐거운 생을 누리며 살아가고 있다고 하였다. 그의 사상이 투영된 효의 근본을 밝혀주고 있는 도학자다운 시조이다.

이언적은 거듭되는 사화의 시련기에 살았다. 사림과 권력층 사이에서 억울한 사림의 희생을 막으려다 결국 그도 사화의 희생물이 되고 말았다.

이이는 그가 을사사화 때 절개를 지키지 못했다고 비판하고 있으나, 오히려 불의와 타협하지 않고 온건한 해결책을 추구했던 인물이다.

명종의 묘정과 경주의 옥산서원에 배향되었으며 문묘에도 종사되었다. 이언적의 주요 저술 원본은 『이언적수필고본일괄』이라 하여 보물 제586호로 지정되어 독락당에 보관되어 있다. 나머지 글들은 『회재집』에 실려 있으며 『해동가요』에 시조 한 수가 전하고 있다.

---

3 앞의 책, 358쪽.

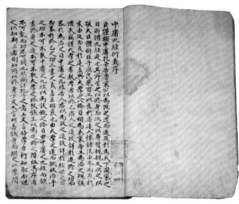

수필고본일괄 『중용구경연의』

보물 제586호, 독락당

이언적의 수필고본은 5쪽 13책으로 되어 있다. 『대학장구보유』, 『속대학혹문』, 『중용구경연의』, 『진수팔규』, 『봉선잡의』 등이다.　　　　　　　　　　　출처 : 문화재청

시조로 보는 우리 문화

　옥산서원은 대원군의 서원 철폐 때도 살아남은 47개 서원 중 하나이다. 강당 전면에 걸린 '옥산서원' 편액은 김정희의 글씨이다. 누문의 '무변루'와 강당 건물 내 '구인당'의 편액은 석봉 한호의 글씨다. 옥산서원의 권위가 어떠했는지를 짐작할 수 있다.

　그는 김굉필, 정여창, 조광조, 이황 등과 함께 문묘에 모신 '동방오현' 중의 한 사람이다.

　이언적은 도학적 수양론을 경세의 근본으로 삼았던 조선시대 성리학의 선구적 인물이다. 참으로 인문학이 그리워지는 세상이다.

옥산서원 편액, 김정희 글씨

무변루 편액, 한석봉 글씨

14. 성수침의「이려도 태평성대 …」

성수침(成守琛)　　1493(성종 24) ~ 1564(명종 19)

　　조선 중기의 학자로 우계 성혼의 아버지이며 조광조의 문인으로 현량
과에 천거되었다. 기묘사화 때 스승 조광조가 처형되고 선비들이 화를 입
자 벼슬길을 포기하고 두문분출, 학문 수행과 제자 양성에 전념했다. 그
의 문하에서 많은 석학들은 배출했으며 '성수침 필적'이 보물 제1623호로
지정되었다.

14. 태평의 노래, 선비 성수침

성수침의 호는 청송이며 우계 성혼의 아버지이다. 조광조의 문인으로 1519년에 현량과에 천거되었다. 그해 기묘사화가 일어나 스승 조광조와 많은 선비들이 유배당하거나 처형되었다. 모든 것들이 불가능하게 되자 성수침은 백악산(북악산) 기슭에 청송이라는 편액을 내걸고 두문불출, 태극도에서부터 정주서에 이르기까지 학문에만 전념했다.

1541년 후릉참봉에 임명되었으나 사양하고, 처가가 있는 파주 우계에 어머니와 함께 은거하였다. 주부, 현감 등에 임명되었으나 일체의 벼슬 길에도 나가지 않았다.

눌옹 이광정이 후릉 참봉에 천거되었다. 얼마 후 당직에 들어 임안을 열람하다 서화담과 성청송이 이 직책을 제수받고서도 나가지 않았다는 기록을 보았다. 이에 절구 한 수를 읊었다.

　　　두 노인의 높은 표적 오를 수 없고

늙어 외로이 능직이 되니 얼굴이 부끄럽네
내일 아침 돛단배 타고 동남쪽으로 가려는데
강과 바다의 가을 바람 온 소매가 차갑네 [1]

그는 부끄러워 병을 칭탁하고 사직했다. 서경덕과 성수침의 인물됨이
어떠했는지 알 수 있다.

이려도 태평성대 저려도 태평성대
요지일월이요 순지건곤이로다
우리도 태평성대에 놀고 가려 하노라

이리하여도 태평성대요, 저리하여도 태평성대요, 태평한 요순시절이
로다. 우리도 태평한 시대에 놀며 가며 하노라.

그가 살았던 시절은 태평성대가 아니었다. 시대를 뒤로 하고 초야에
묻혀 지낸 올곧은 그에게 당시의 시대를 태평성대라고 말한 것은 앞뒤가
맞지 않고 이치에도 맞지 않는다. 기묘사화는 그의 모든 정치 생명과 신
념을 일거에 앗아가 버렸다. 이런 때에 이런 노래를 부른다는 것은 그가
태평성대를 간절히 바란다는 의미에서였을 것이다. 이 시조가 냉소적이
고 국외자 같은 느낌이 드는 것은 그의 생애와 당시의 시대가 어떻다는
것을 잘 알고 있기 때문이다. 이 시조는 오히려 아이러니나 반어적 풍자
로 해석하는 편이 자연스럽다.

그는 글씨를 잘 썼으며 「방참판유령묘갈(方參判有寧墓碣)」 등이 남아
있다. 최근 청송서라고 쓰여져 있는 '성수침 필적'이 보물 제1623호로 지
정되었다. 중국 당나라 시인인 가도, 두목, 이상은과 송나라 구양수의 칠

1 하겸진 저, 기태완 · 진영미 역, 『동시화』(아세아문화사, 1995), 320쪽.

성수침 유묵
보물 제1623호, 대전 유성구 도안대로 398, 대전역사박물관

언시를 차례로 담고 있는 작은 서첩이다.

아래 서첩 글씨는 가도의 「숙촌가정자(宿村家亭子)」 3, 4행이다.

　　　잠 못 드는 나그네 한 밤을 지새며
　　　홀로 산비 내리는 소리 듣는구나

아름다운 자질을 갖고 태어난 그는 어릴 때부터 마치 어른처럼 의젓하였으며 효성이 지극하여 사람들은 그를 '효아(孝兒)'라고 불렀다. 글을 읽을 줄 알면서부터는 과정을 정하여 뜻을 독실히 하고 밤낮으로 게을리하지 않았으며, 부친의 상을 당하여서는 아우 성수종과 함께 애훼하기를 예절에 지나게 하였고 죽을 마시며 삼년상을 마쳤다. 어떤 나그네가 그 여막을 지나다가 효성에 감동하여 시를 지어 던져주고 갔다.

성씨 집안 두 아들이
갸륵한 그 효행 가군을 이었네
미음만 마시는 그 정성 해를 가로지르고
분향 뒤의 곡성이 구름을 뚫었다네.
아침 저녁으로 신주에 상식을 올리고
새벽되고 황혼되면 분묘를 알현하여
한결같이 주자 법제 따르다니
오늘날 이에서 처음 들어보았네.[2]

청송당 성수침의 집터는 지금의 종로구 청운동 89번지 경기상업고등학교 자리이다.

집터로 추정되는 겸재의 '청송당' 그림이 남아 있다.

겸재의 「장동팔경첩」이 있다. 장동은 인왕산 남쪽 기슭에서 백악산(북악산)의 계곡에 이르는 지역으로 지금의 효자동 청운동이 이에 속하는 곳이다. 이 지역을 우대라고 불렀으며 한양의 권문세가들이 거주하던 한양 최고의 주거지였다.

성수침은 스승 조광조가 처형당하고 많은 선비들이 화를 입자 벼슬길을 단념하고 백악산 기슭에 서재를 마련하여 학문 수행과 제자 양성에 전념했다. 이때 성수침의 서재와 주변 경관을 그린 그림이 겸재의 '청송당도'이며 『장동팔경첩』 중의 하나이다.

성수침이 세상을 떠날 때 집안이 하도 가난하여 장례를 치룰 수가 없었다. 사간원의 상소로 국가에서 관곽과 쌀, 콩, 역부, 장례 제구를 제공해 주었다. 사헌부 집의를 증직하는 은전까지 베풀어주었다.

조선 초기 조광조의 도학사상은 대의명분과 요순지치를 현실에 구현

시조로 보는 우리 문화

2 『명종실록』, 명종29권, 18년(1563계해/명 가정 42년) 12월 26일(경오) 2번째 기사, 징사 성수침 졸기.

겸재의 『장동팔경첩』 중 '청송당도'

국립중앙박물관

하려는 것이었다. 행실이 참되고 학행이 훌륭하여 대신들이 고답의 정신을 거룩히 여겨 천거했으나 성수침은 일체 벼슬에 나가지 않았다. 김안국은 그를 일컬어 '덕을 갖춘, 목숨을 걸고 바른 도를 지킨 사람'이라고 말했다.

그는 이러한 도학사상을 학문 탐구와 자기 수양으로 일생을 실천에 옮겼다. 문하에 아들 성혼을 비롯한 많은 석학들이 이에서 배출된 것도 우연이 아니었다. 파주의 파산서원과 물계의 세덕사에 제향되었으며 저서로는 『청송집』, 시호는 문정이다.

이이가 행장을, 기대승이 묘지명을, 이황이 묘갈명을, 조익이 묘갈음기를 지었는데, 이것은 조선 중기 학술사에서 그가 차지하는 비중이 어떠했는지 증명하는 것이기도 하다. 사후 영의정으로 추증되었으며『청구영언』,『화원악보』에 시조 3수가 전하고 있다.

　세상에 빛을 남긴 이들이 많지만 성수침같이 효심이 깊고 온후하고 고결한 이는 흔치 않다. 그의 효행, 수신, 학문, 글씨는 역사에 남았다. 그의 시조 태평가는 지금도 정가 음악으로 가곡 한바탕의 대미를 장식하고 있다. 이 태평가는 가곡에서 유일하게 남녀 함께 부르는 혼성 합창곡이다. 이 합창을 들으면 인생사를 듣는 듯 그 웅장함에 가슴이 뭉클하다. 그의 간절한 염원이 시대를 초월해 감응하기 때문일 것이다.

시조로 보는 우리 문화

송순(宋純) 1493(성종 24) ~ 1582(선조 15)

조선 중기 문신으로 면앙정가단, 강호가도의 선구자이다. 『명종실록』
을 찬수했으며 77세에 의정부 우참찬이 된 뒤 벼슬에서 물러났다. 14년
동안 면앙정을 오르내리며 유유자적한 생활을 하다 90세의 일기로 세상
을 떠났다. 「면앙정삼언가」, 「면앙정제영」등 한시 505수, 가사「면앙정
가」, 시조 20여수 등을 남겨 놓았다.

15. 강호가도의 선구자, 송순

중종의 첫째 계비 장경왕후는 인종을 낳고 둘째 계비 문정왕후는 명종을 낳았다. 장경왕후의 오빠 윤임을 대윤, 문정왕후의 동생 윤원형을 소윤이라 한다. 인종이 죽고 명종이 즉위했다. 그해(1545) 소윤 윤원형이 대윤 윤임 일파를 모반죄로 몰아 형조판서 윤임·좌의정 유관·이조판서 유인숙 등 10여명을 죽였다. 이후 5, 6년에 걸쳐 100여명이 유배 혹은 처형되었다. 이를 을사사화라 한다.

이렇게 많은 인재들을 죽였다. 비분강개 하지 않는 이가 어디 있으랴. 송순이 시조 한 수를 읊었다.

> 꽃이 진다하고 새들아 슬허마라
> 바람에 흩날리니 꽃의 탓 아니로다
> 가노라 휘짓는 봄을 새와 무슴 하리오

송순의 「을사사화가」이다. 어느 잔치 자리에서 기녀가 이 시조를 불렀다. 소윤의 일파인 진복창이 이 노래를 들었다. 그는 누군가를 비방하기 위해 이 노래를 지었다고 생각했다. 그래서 기녀에게 누가 지었느냐고 물었으나 기녀는 끝내 대답하지 않았다. 하마터면 송순이 필화를 당할 뻔 했다.

얼핏보면 「상춘가」로 보일지 모르지만 속뜻은 그렇지 않다.

'꽃이 진다고 새들아 슬퍼하지 말아라. 바람에 못 이겨 흩날리는 것이니 꽃의 탓이 아니로다. 떠나느라 훼방하는 봄인데 이를 어찌 미워하겠느냐'는 것이다.

꽃이 진다는 것은 죄 없는 많은 선비들의 죽음을, 새들은 이러한 세상의 꼴을 바라보고 있는 백성들이다. 바람은 을사사화를, 꽃은 선비들을 지칭하고 있다. 휘짓는 봄은 득세한 소윤 윤원형의 일파를 말한다. 새와 무삼하리오는 이를 어쩌겠느냐 하는 것이다. 탄식과 체념이 섞인 노래로 당시의 시대상을 그대로 대변해주고 있다.

풍상이 섞어친 날에 갓 피온 황국화를
금분에 가득 담아 옥당에 보내오니
도리야 꽃이온냥 마라 님의 뜻을 알괘라

어느날 명종이 황국을 분에 담아 옥당관에게 주며 시를 지어올리라고 했다. 옥당관이 갑자기 당하는 일이라 당황했다. 마침 참찬으로 숙직하고 있던 송순에게 부탁하여 이 시조를 지어 바쳤다. 임금님이 놀라며 이 시를 누가 지었느냐고 물었다. 옥당관이 송순이 지었다고 했다. 왕이 감탄하여 송순에게 상을 내렸다. 이것이 「자상특사황국옥당가(自上特賜黃菊玉堂歌)」, 일명 「옥당가」라고 한다.

옛 선인들은 서리에도 꼿꼿하게 피는 국화를 군자의 덕에 비유했다. 이 시조에는 역경에 처해있어도 국화와 같은 기개있는 선비가 되어 달라는 임금님의 뜻이 들어있다. 이에 복사꽃, 오얏꽃처럼 쉬 변절하는 일 없이 지조를 지키는 신하가 될 것임을 다짐하고 있다. 송순은 왕의 마음을 이렇게 잘 읽어냈다.

송순의 회방연이 면앙정에서 열렸다. 회방연은 과거에 급제한지 60돌 되는 잔치이다. 공의 나이 87세였다. 국왕도 꽃과 술을 하사했다. 정철, 기대승, 임제를 비롯 관찰사, 고을 원님 등 많은 명사들이 회방연을 축하해주었다. 송순이 침소에 들려고 했을 때 정철이 '선생의 남려를 직접 메어드리자'고 제안했다. 이에 고경명, 임제, 기대승이 일시에 일어나 가마를 태워 송순을 옹위했다. 많은 사람들이 이를 보고 감탄했다.

송순은 면앙정가단, 강호가도의 선구자로 담양 출생이다. 호는 면앙정이다. 홍문관 부제학, 사간원 대사간을 거쳐 전주 부윤, 나주목사 등을 지냈으며 70세에 기로소에 들었다.『명종실록』을 찬수했으며 77세에 의정부 우참찬이 된 뒤 벼슬에서 물러났다.

이후에도 송순은 선조의 부름을 받았지만 14년 동안 면앙정을 오르내리며 유유자적한 생활을 하다 90세의 일기로 세상을 떠났다. 과거에 급제해서 60년을 산 이는 오직 판서 송순 뿐이다.

그는「면앙정삼언가」,「면앙정제영」등 한시 505수, 가사「면앙정가」, 시조 20여수 등을 남겨놓았다. 문집으로『면앙집』이 있으며 담양 구산사에 배향되었다.

송순의 문학은 고향인 담양 면앙정을 중심으로 이루어졌다. 김인후, 임억령, 고경명, 정철, 임제, 양산보, 김성원, 기대승, 박순 같은 선비들이 면앙정을 찾아와 시를 짓고 학문을 연마했다. 면앙정은 호남 문학을 찬란하게 꽃피운 누정문학의 산실인 호남 가단의 중심 무대였다.

무등산(无等山) 한 활기 뫼히 동다히로 버더 이셔, 멀리 떼쳐 와 제월봉(霽月峯)이 되어거날 무변 대야(無邊大野)의 므삼 짐쟉 하노라. 닐곱 구

면앙정

전라남도기념물 제6호, 전남 담양군 봉산면 면앙정로 382-11(제월리)

배 함대 움쳐 므득므득 버럿난 닷. 가온대 구배난 굼긔 든 늘근 뇽이 선잠을 갓 깨야 머리랄 언쳐시니 너라바회 우해 송죽(松竹)을 헤혀고 정자(亭子)랄 언쳐시니 구름 탄 청학(靑鶴)이 천 리(千里)를 가리라 두 나래 버럿난 닷.[1]

가사 「면앙정가」는 작자가 관직에서 잠시 물러나 그의 향리인 전라도 담양 기촌에 머물러 있을 때, 제월봉 아래에 면앙정을 짓고 그 주변 산수 경개와 계절에 따른 아름다운 모습을 감상하며 즐긴 것을 노래한 가사이다. 정극인의 「상춘곡」과 더불어 호남 가사문학의 원류이다. 그 내용·형식·가풍 등은 정철의 「성산별곡」에 직접 영향을 미치고 있어 가사문학

---

1 무등산 한 줄기 산이 동쪽으로 뻗어 있어, (무등산을) 멀리 떼어 버리고 나와 제월봉이 되었거늘, 끝없는 넓은 들에 무슨 생각을 하느라고, 일곱 굽이가 한데 움치리어 우뚝우뚝 벌여 놓은 듯, 그 가운데 굽이는 구멍에 든 늙은 용이 선잠을 막 깨어 머리를 얹혀 놓은 듯하며, 넓고 편편한 바위 위에 소나무와 대나무를 헤치고 정자를 앉혀 놓았으니, 마치 구름을 탄 푸른 학이 천 리를 가려고 두 날개를 벌린 듯하다.

의 계보 연구에 필수적인 자료가 되고 있다.

면앙정의 터에는 다음과 같은 이야기가 전해오고 있다.

> 이 정자의 터는 원래 곽씨 소유였다. 전해오는 이야기로는 곽씨의 꿈에
> 금어옥대를 두른 선비들이 그 터 위에서 놀았다고 한다. 그 뒤 곽씨가 자
> 식을 가르쳤지만 크게 되지 않고 집안만 가난해지자 나중에 송순에게 팔
> 았는데 그 꿈은 과연 면앙정을 통하여 이루어졌다. 수많은 문인, 학자, 관
> 료들이 이곳을 무대로 시를 수작하고 풍류를 즐기며 학문을 익혔기 때문
> 이다.[2]

면앙정(俛仰亭)은 "허리를 구부리니 땅이요, 우러러보니 하늘이라"(俛
則地兮仰則天兮) 하는 제목에서 따온 것으로 송순이 "하늘을 우러러 부끄
럽지 않고 사람에게 굽어도 부끄럽지 않다(仰不愧於天 俯不怍於人,『孟
子』盡心章)"라고 다짐으로 지은 이름이다.

면앙정 현판

2　정병헌 · 이지영,『고전문학의 향기를 찾아서』(도서출판 돌베개, 1999), 241~242쪽.

송순은 온화하면서도 강직한. 풍류를 아는 호기로운 재상이었다. 벼슬살이 50년 동안 단 한 차례 귀양살이를 했을 뿐이었다. 이황은 그를 일컬어 '하늘이 낸 완인(完人)'이라고 했으며 정철은 '조정에 있는 60여 년을 대로만 따랐다.'고 흠모해마지 않았다.

그는 보이지 않는 위대함, 그 자체였다.

16. 주세붕의「사람 사람마다 …」

주세붕(周世鵬)　　1495(연산군 1) ~ 1554(명종 9)

　　조선 중기의 문신·학자이다. 백운동서원을 세워 안향을 제향,「죽계
사」와「도동곡」을 지어 부르게 했다. 이후 이황의 건의로 소수서원으로 사
액을 받아 최초의 공인된 교육기관이 되었다. 또한 해주에 수양서원을 세
워 최충을 제향했으며 오륜의 규법을 널리 펴기 위해「오륜가」를 지었다.
청백리에 녹선되었다.

16. 사학의 창시자, 주세붕

주세붕은 1543년 백운동서원을 건립했다. 사묘적 기능과 교육적 기능을 지닌 우리나라 최초의 서원이다. 안향을 향사했고 향촌 교화를 위해 시조 「군자가」, 경기체가 「도동곡」 등을 지어 백성들로 하여금 부르게 했다.

> 사람 사람마다 군자를 원하나다
> 밋디 못하요믄 못보난 타시이다.
> 진실로 원커시든 이를 몬져 삼가쇼셔"
>
> ―「군자가」

주세붕의 『죽계지』 서문에는 "교화는 시급한 것이고, 이는 어진 이를 존경하는 일로부터 시작되어야 하므로 안향의 심성론과 경(敬) 사상을 수용코자 그를 받들어 모시는 사당을 세웠고, 겸하여 유생들의 장수(藏修)를 위하여 서원을 세웠다"는 설립 동기가 적혀 있다.

처음에는 별 호응을 받지 못했으나 이황의 건의로 소수서원의 사액을

소수서원 문성공묘

보물 제1402호, 경북 영주시 순흥면 소백로 2740(내죽리)

안향을 주향으로, 문정공 안축·문경공 안보·문민공 주세붕의 위패를 함께 봉안하고 있다.

받고나서 공인된 교육기관으로 자리를 잡았다. 이후 서원들이 경향 각지에 건립되기 시작했다.

풍기는 안향의 고향인데, 주세붕이 안향의 옛집 터에 사우를 세워 봄·가을에 제사하고 이름을 백운동 서원이라 하였다. 좌우에 학교를 세워 유생이 거처하는 곳으로 하고, 약간의 곡식을 저축하여 밑천은 간직하고 이식을 받아서, 고을 안의 모든 백성 가운데에서 준수한 자가 모여 먹고 배우게 하였다. 당초 터를 닦을 때에 땅을 파다가 구리 그릇 3백여 근을 얻어 경사(京師)에서 책을 사다 두었는데, 경서뿐만 아니라 무릇 정·주(程朱)의 서적도 없는 것이 없었으며, 권과(勸課)도 게을리하지 않았다. 전에 형으로서 아우를 송사하여 그 재물을 빼앗으려는 백성이 있었는데, 주세붕이 그 백성을 시켜 제 아우를 업고 종일 뜰을 돌게 하되, 게을러지면 독촉하고 앉으면 꾸짖었다. 몹시 지치게 되었을 때에 그 백성을 불러 묻기를 '너는 이 아우가 어려서 업어 기를 때에도 다투어 빼앗을 생각을 가졌었느냐?' 하니, 그 백성이 크게 깨달아 부끄럽게 여기고 물러 갔다[1]

정사를 행하는 것이 이와 같았다. 처음에는 사람들이 헐뜯고 비웃었으나, 나중에는 교화되어 감복하였다.

소수서원 앞 죽계 천변의 바위에 주홍 글씨 '경(敬)'자 각자가 있다. 백운동 서원 창건 후 신재 주세붕 선생이 직접 쓴 글씨이다. 안향을 선사로 모시고 후세에 그 공경의 뜻을 길이 전한다는 의미로 새겼다. 선비의 덕목인 '敬以直內義以方外'를 '敬'자 한 글자로 나타낸 것으로 '경으로 안으로는 마음을 곧게, 의로서 밖으로는 행동을 바르게 한다.'는 뜻이다.

흰글씨로 쓰여진 '백운동'은 퇴계 이황이 새긴 것으로 소수서원 본래의 이름이다.

이 '경'자 각자에는 순흥 땅의 아픈 역사와 슬픈 전

주세붕 영정
보물 제717호, 경북 영주시 순흥면 소백로 2740(내죽리)

출처 : 문화재청

---

1 『중종실록』, 중종 95권, 36년(1541 신축/명 가정 20년) 5월 22일(정미) 1번째 기사, 주세붕을 풍기군수에 제수하다.

설을 간직하고 있다.

'남순북송(南順北松)'이라는 말이 있다. 순흥은 한 때 남쪽에는 순흥, 북쪽에는 송도라고 불릴 만큼 번창했던 곳이다. 참나무 숯불로 쌀밥을 해 먹고, 사방 수십리 길에는 고래등 같은 기와집이 즐비했다. '순흥땅 만석꾼 황부자' 전설이 전해오는 곳이기도 하다.

1455년 수양대군이 왕위에 올랐다. 1457년 금성대군이 유배지 순흥에서 이보흠 순흥부사와 함께 단종의 복위 운동을 일으켰다. 그러나 내부 관노의 고자질로 거사는 실패하고 말았다. 세조는 영월 청령포에 유배 중이던 단종을 사사하고 순흥에 유배 중이던 금성대군에게 사약을 내렸다. 순흥부사 이보흠은 참형을 당하고, 수 많은 관련된 선비들과 가족들, 주민들은 학살되었다. 부석사와 함께 '불국토'를 형성했던 거사의 본거지인 큰 사찰 숙수사(宿水寺)도 불바다가 되었다. 소수서원 초입의 남은 숙수사 당간지주만이 불국토의 아픈 역사를 전해주고 있다.

순흥 도호부는 영천, 풍기, 봉화, 단양, 영월, 태백 등으로 쪼개지고 남은 순흥부는 순흥현으로 행정구역이 강등되는 초유의 사태를 맞았다. 이를 정축지변이라고 한다.

시신을 버린 죽계천은 삽시간에 피바다가 되었으며 그 핏물은 10여리 하류 마을에 가서야 멎었다고 한다. 그 때부터 그 곳을 '피끝 마을'이라고 불렀다.

그 후 밤마다 억울하게 죽은 넋들의 울음소리가 들려왔다. 당시 풍기 군수였던 주세붕 선생은 어떻게 하면 원혼을 달래 수 있는 묘책이 없을까 몇날을 고민했다. 울부짖는 소리가 난다는 바위를 찾았다. 잠시 자세를 고치고 종이를 놓고 붓을 들었다. '경(敬)'자를 썼다. 경 자는 신에게 절하는 모습이다. 인간이 신에게 절하려면 공경의 자세를 갖추어야 한다. 죽계 바위에 '경'자를 새기도록 했다. 그리고 글씨에 붉은 칠을 하고

시조로 보는 우리 문화

죽계 바위에 새긴 '敬(경)' 자

위령제를 지내주었다. 그 때서야 원혼의 울음소리가 그쳤다고 한다.[2]

1548년 10월 이황이 풍기군수로 부임하자 퇴계 이황은 1549년 1월에 경상도관찰사 심통원을 통해 백운동 서원에 조정의 사액을 내려 줄 것을 요청했다. 명종은 대제학 신광한에게 서원의 이름을 짓게 했다.

소수서원 현판 글씨는 명종 임금의 친필이다. 소수서원은 왕명을 받은 대제학 신광한이 '기폐지학 소이수지(旣廢之學 紹而修之)' 즉, '이미 무너진 교학을 다시 이어 닦게 하라'는 뜻으로 여기서 '소(紹)자와 '수(修)'자를 따 이름을 지었다. 이에 16살의 명종은 친필로 '소수서원(紹修書院)'이란 현판을 써서 사액했다. 우리나라 최초의 공인사학으로 한국 정신문화의 메카가 되었다.

---

2 신웅순, 「유묵이야기」, 「주간한국문학신문」, 2014. 6. 18.

사람 사람마다 이 말씀 들어스라
이 말씀 아니면 사람이요 사람 아니니
이 말씀 잊지 말고 배우고야 말으리이다

아버님 날 낳으시고 어머님 날 기르시니
부모곳 아니시면 내 몸이 없을랏다
이 덕을 갚으려 하니 하늘 가이 없으셨다

1551년에는 황해도관찰사 때 해주에 수양서원을 세워 최충을 제향하였다. 이 때 백성의 교화를 위해 시조 「오륜가」 6장을 지었다. 유교 경전과 유학자의 이상을 노래한 내용으로 되어 있다.

위 시조는 그 때 지은 첫째 수와 둘째 수이다.

오륜가는 서사, 부자유친, 군신유의, 부부유별, 형제우애, 장유유서로 되어 있다. 오륜 중 하나인 붕우유신을 형제우애로 바꾸어지었다.

첫째 수는 오륜의 당위성을, 둘째 수는 부모의 은혜를, 셋째 수는 임금에 대한 충성을 노래했다. 넷째 수는 부부 간의 공경을, 다섯째 수는 형제간의 화목을, 여섯째 수는 어른에 대한 공경을 읊고 있다.

그는 "군자는 사실을 기록할 뿐이지 창조적인 창작 행위는 아니다."라고 했고 자신의 작품에 대해서도 "나의 시가들은 내가 지은 바가 아니며 창조적인 것이라고 할 수 없다. 이는 군자의 할 바가 아니기 때문이다. 옛 성현의 말씀들을 풀이했을 뿐이다."라고 말했다.

그의 시가들은 이러한 문예관에 입각해 있었다. 지나친 유교적 이념과 군자연한 작품 태도로 예술적 향취는 높지 못했으나 우리말을 사용한 면에서는 주목할 만하다. 그의 시조에는 16세기에 대두된 유교이념을 도입한 당시의 사조가 그대로 반영되어 있다. 제목들도 도학 군자들의 법규와 같은 것들이다.[3]

주세붕의 호는 신재·손옹·남고이며 시호는 문민이다. 어려서부터 효행과 우애가 깊었다.

1522년 생원 때 별시문 을과에 급제했다. 부수찬, 병조좌랑이 되었으나 김안로의 배척으로 강원도도사로 좌천, 파면되었다.

1545년(명종 즉위년) 성균관사성에 임명되고, 홍문관 직제학·도승지, 호조참판을 거쳐 황해도관찰사가 되었다. 1551년 해주에 수양서원을 세워 최충을 제향했다. 이후 대사성·동지중추부부사를 역임하다 병으로 사직을 요청, 동지성균관사에 체임되었다. 고향인 칠원선영에 안장되었으며 청백리에 녹선되고, 예조판서에 추증되었다. 칠원의 덕연서원, 풍기의 백운동 서원에 배향되었다.

저서로 『죽계지』, 『해동명신언행록』, 『진헌심도』가 있고, 문집으로 1859년(철종 10) 후손들이 다시 편집한 『무릉잡고』가 있다.

내직은 주로 홍문관·성균관과 같은 학문 기관에서 학문을 위해, 지방관으로 나가서는 백성들의 풍속 교화를 위해 힘썼다. 황해도관찰사로 있을 때 학문이 높아 성균관의 사표로 삼을 만하다하여 내직을 요청할 정도였다고 한다. 이렇게 그의 학문은 당시 조정에서도 높이 평가되고 있었다.

도학에 힘쓸 것을 주장하고 불교의 폐단을 지적하였으며, 기묘사화 이후 폐지되었던 여씨향약을 다시 시행할 것을 건의하기도 하였다.

> 선생의 성품이 담박한 것을 좋아하여 30년간 조정에 나와 벼슬이 재상의 반열에 이르렀으나 의복이 빈한한 선비와 같았고 밥상에 고기 반찬을 한 가지 이상 놓지 않았으며 좌석에 털방석이 없었고 마구간에 좋은 말이 없었으며 집을 임대하여 살았다. 봉록이 풍족하였으나 의식에 쓰고 남은 것은 모두 종족을 도와주고 손님을 접대하였다. 선생이 항상 말하기

---

3 이응백 감수 외, 『국어국문학자료사전』(한국사전 연구사, 2002), 2741쪽.

를, "나의 분수에 있어서 마땅히 이와 같이 해야 한다."고 하였는데, 선생이 세상을 떠났을 때 집안에 남은 곡식이 한 가마도 없었다. 조정의 사대부들 중에 선생을 아는 사람이나 선생을 모르는 사람이나 모두 말하기를, "조정이 한분의 현인을 잃었다."고 하였으며, 서쪽의 학자들이 합동으로 빈소에 전(奠)을 드린 다음에 선생의 초상화를 그려가지고 갔다. 그리고 서쪽의 제자들이 남고(南皐)에다 선생의 사당을 세웠는데, 남고는 선생의 고향 시냇가의 지명이다. 선생이 산천에서 노니는 것을 즐거워하여 지금 사방의 유명한 산수에 남긴 발자취가 가끔 있다고 한다.[4]

그는 30년 동안 관직에 있었으나 참으로 빈한한 선비였다. 그러면서도 산수 간에 놀기를 좋아했다.

주세붕의『무릉잡고』에 다음과 같은 기록이 있다.

> 가정 갑진(1544) 4월 보름날 청량산에서 놀았다. 어린 악공을 시켜 자민루에 올라 피리를 불게 했다. 그 소리가 맑아서 월궁에 사무치는 것 같았다. 복주(안동)의 기생 탁문아는 나와 동갑인데 그녀는 술 한 통을 가지고 와 내게 권했다.
>
> "오늘밤 노인어른께서 흥이 높으신 것 같고, 이 늙은 기생도 흥이 없지 않습니다."
>
> 그는 대취했다.
>
> "만일『대학』을 외우지 않는다면 방탕의 폐단을 면치 못할까 두렵다"
>
> 그는 그녀로 하여금 대학을 외우게 했다. 마음이 안정을 얻게되니, 나 때문에 이로움이 있었다면서 그녀는 되풀이해서 외웠다.[5]

안동 청량산에서 놀면서 취흥이 도도하게 되자 기생으로 하여금 대

---

4 『국조인물고』권18 경재, NAVER 지식백과.

5 이능화, 『조선해어화사』(동문선, 1992), 312쪽.

학을 외우게 하여 음악을 대신하게 했다. 기생이『대학』을 외운다는 것은 예전에는 들어보지 못했다. 주세붕이 아니고는 이처럼 할 수 없는 일이다.[6]

　그는 빈한하게 살았으나 유학자, 교육자로서 풍류도 즐긴 전형적인 조선 선비 중의 선비였다.

16. 주세붕의 「사람 사람마다…」

---

6 앞의 책, 312쪽.

17. 성운의「전원에 봄이 오니…」

시조로 보는 우리 문화

성운(成運)　1497(연산군 3) ~ 1579(선조 12)

　　조선시대의 학자로 수침의 종제이다. 형 우가 을사사화로 화를 입자 벼슬을 버리고 보은 속리산으로 들어갔다. 조정에서 여러 차례 불렀으나 한 번도 벼슬길에 나가지 않았다. 이지함, 서경덕, 조식 등의 명현들과 교유하며 학문에 전념했다. 보은의 상현서원에 향사되었으며 문집에「대곡집」이 있다.

17. 은둔의 처사, 성운

전원에 봄이 오니 이 몸이 일이 하다
꽃남근 뉘 옮기며 약밭은 언제 갈리
아희야 대 베어 오느라 삿갓 먼저 결으리라

추운 긴 겨울이 지나고 봄이 왔다. 봄이면 농사일로 바빠진다. 처가인 보은군 삼산현에도 봄이 왔다. 시골에서의 봄일은 누구에게도 예외가 없다. 꽃나무는 누가 옮기며 약밭은 언제 갈려느냐. 아희야 대 베어오너라 삿갓 먼저 엮으리라. 일하는 전원의 바쁜 모습이 눈에 선하다. 대곡은 음풍농월하며 지내지는 않았다. 그는 실제로 농사지으며 살았다.

퇴계는 "그의 은둔의 풍치는 존경하는 마음을 갖게 한다"고 하여 '은둔하여 성취한 이'라 했다.

남명은 젊은 시절 어버지를 따라 한양 장의동에서 산 적이 있었다. 그때 이웃에 살던 대곡 성운과 만났다. 그들은 밤낮으로 학문을 토론하며 함께 잠도 자며 인간적인 교감을 나누었다. 이후 남명과 대곡은 서로 마음을 알아주는 평생지기가 되었다.

대곡이 김해에 있는 남명을 찾았다. 거기에서 대곡은 여러 날을 머물면서 세상을 걱정하며 학문을 논했다.

> 기러기 홀로 남쪽 바닷가로 날아가니
> 가을 바람에 나뭇잎이 떨어지는 때가 되었구나
> 땅에 가득한 곡식을 닭이나 따오기는 쪼지만
> 푸른 하늘 구름 밖에서 세상사를 잊고 지낸다네

'남명에게 부치다'라는 대곡의 시이다. 사람들은 닭이나 따오기와 같이 땅 위의 곡식을 탐내지만 남명은 구름 밖에서 초연히 살아가는 선비라고 말하고 있다. 대곡은 이렇게 남명의 정신 세계를 누구보다도 잘 이해하고 존경하고 있었다.

남명은 한사코 지리산 속으로 들어가려고 했다. 대곡이 물었다. 그 곳에 가면 무엇이 그리 좋은가 하고 남명의 대답은 간명했다. 지리산에 들어가면 눈이 푸르러진단다. 맑은 마음을 지닌 사람만이 이 즐거움을 안다. 땅위의 곡식에 눈독을 들이는 닭이나 따오기는 절대로 그 경지에 다다르지 못한다. 닭은 결코 대붕이나 봉황의 세계를 이해할 수 없는 법이다.[1]

그 후 25년이나 지나 남명은 대곡이 살고 있는 속리산을 찾았다. 10여 일을 지내면서 그 동안 쌓였던 그리움을 하나하나 풀어냈다. 그리고는 1566년 명종이 재야에 묻힌 선비들을 한양으로 불렀을 때 둘은 마지막으로 만났다. 그리고 다시는 재회하지 못했다.

남명이 죽었을 때 대곡은 묘갈문에 이렇게 적었다.

---

1 김권섭, 『선비의 탄생』(다산초당, 2008), 90쪽.

시조로 보는 우리 문화

벗을 사귀는 일도 반드시 신중하였다. 그 삶이 벗 삼을 만한 삶이면 비록 평범한 사람일지라도 왕처럼 높여 예의를 차려 존경했다. 그 사람이 벗 삼을 만한 사람이 못 될 경우에는 비록 벼슬이 높을지라도 마치 흙 먼지나 지푸라기처럼 보아 그들과 같이 남아 있는 것을 부끄럽게 여겼다. 이런 까닭에 교유가 넓지 못했다. 그러나 공이 사귀어 아는 사람들은 모두 학행과 문예가 뛰어난 당대의 이름난 선비들이었다.

우암 송시열은 대곡의 묘갈명에서 두 사람의 관계를 이렇게 기록해놓았다.

> 대곡 선생은 남명과 가장 막역한 친구였다. 대개 남명이 깎아지른 듯한 천 길 낭떠러지와 같은 기상을 지니고 있다면 선생은 순하고 부드러운 성품을 지녔다. 남명이 말하기를 "대곡은 다듬은 금이나 아름다운 옥과 같아 내가 미치지 못한다."라고 하였다.

성운은 수침의 종제이다. 30세에 사마시에 합격했으나 형 우가 을사사화로 화를 입자 벼슬을 버리고 처가가 있는 보은 속리산으로 들어갔다. 조헌은 상소문에서 '성운이 보은에 몸을 감춘 것은 성우에 대한 충격 때문이다'라고 하였다.

조정에서 여러 차례 불렀으나 한 번도 벼슬길에 나오지 않았다. 이지함, 서경덕, 조식 등의 명현들과 교유하며 학문에 전념했다. 보은의 상현서원에 향사되었으며 문집에 『대곡집』이 있다.

『청구영언』에 시조 2수가 전한다.

> 요순같은 임금을 모셔 성대(聖代)를 다시 보니
> 태고건곤(太古乾坤)에 일월이 광화(光華)로다.
> 우리도 수역춘대(壽域春臺)에 늙을 뉘를 모르리라

성운의 묘갈

충청북도 기념물 제70호, 충북 보은군 보은읍 성족리 산35번지

요순 같은 임금을 모셔 성군의 시대를 다시 보니 옛날 요순시대 같이 해와 달이 빛나도다. 우리도 태평시대에 늙을 줄을 모르리라.

요순같은 태평성대를 다시 열었다고 했는데 이 시대는 정쟁으로 하루도 편할 날이 없었다. 옥사와 사화가 유난히도 많았던 이 때 이에 실망한 대곡은 속리산에 숨어 살았다.

요순시절같이 해와 달이 빛나는 태평성대라 했고 이런 태평시절에 임금은 늙을 줄을 모른다고 했다. 중종·인종·명종 시대에는 누구나 다 태평성대가 아님을 잘 알고 있다. 정쟁으로 인해 많은 선비들이 죽어 갔는데 이런 시조가 나올 리 없다. 정쟁에 희생이된 형 때문에 속리산으로 은둔했던 대곡이었다. 그런 그가 태평성대라 생각하고 이런 미화된 시조를 썼다는 것은 앞뒤가 맞지 않는다. 정쟁을 피하려는 조심스러운 도피

상현서원
충청북도 기념물 제43호, 충북 보은군 장안면 서원리 304번지

나 무관심의 뜻이 내포되어 있는 것으로 해석할 수 있다.

아무리 숨어 살았던 그였어도 당시의 돌아가는 정치를 보며 결코 지나칠 수 없었을 것이다. 인재들을 제대로 활용할 수 없었던 시대. 인재들을 적재적소에 활용할 수 있는 그런 성숙된 사회가 되었으면 좋겠다.

18. 이황의「청산은 어찌하여…」

이황(李滉)   1501(연산군 7) ~ 1570(선조 3)

조선 중기 문신이며 학자로 퇴계학파를 형성했다. 도산서당을 짓고 독서·수양·저술에 전념, 많은 제자를 길러냈다. 선조에게「무진육조소」,「성학십도」를 바쳤으며「도산십이곡」을 비롯 다수의 시를 남겼다. 조식, 기대승 등과 교류하며 나눈 편지가 전하고 있다. 그의 학설은 임진왜란 후 일본에 소개되어 그 곳 유학계에 큰 영향을 끼쳤다.

18. 만인의 스승, 이황

청량산 육륙봉을 아는 이 나와 백구
백구야 헌사하랴 못 믿을손 도화로다
도화야 떠나지마라 어주자(漁舟子)알까 하노라

이 「청량산가」는 「도산십이곡」 외의 유일한 퇴계의 단가이다.

청량산 육륙봉을 나와 흰갈매기만이 안다. 백구야 떠들지 마라 못 믿을 것은 도화로다.

도화야 떠나지 마라 어부들이 알까 두렵구나. 이치대로 사는 갈매기는 청량산 육륙봉을 소문내지 않겠지만 물에 떠 흘러가는 도화는 바깥 사람에게 비경을 알려줄 것이니 미덥지 않다는 것이다.

도연명이 지은 「도화원기」에 어부가 물에 떠오는 도화를 보고 이상향인 무릉도원을 찾아냈다는 이야기가 있다. 그래서 어부들이 알까 도화에게 떠나지 말라고 당부하고 있다.

퇴계는 50살 이후 벼슬을 그만두고 전원으로 돌아왔다. 심신 수양과 학문 탐구를 위해서였다. 「청량산가」는 그 때에 지은 것으로 퇴계의 성리학적 도가 강호자연에 표상되어진 시조이다.

청량산은 퇴계 가문의 산으로 5대 고조부가 송안군으로 책봉되면서 나라로부터 받은 봉산이다. 숙부 송재는 아들, 조카, 사위들과 함께 독서를 위해 청량산으로 보냈다. 퇴계의 나이 13세였으며 이 때부터 퇴계는 청량산과 인연을 맺었다.

주세붕이 지은 「청산산록」의 발문 가운데 퇴계는 이렇게 적고 있다.

> 안동부의 청량산은 예안현에서 동북쪽으로 수십리 거리에 있다. 나의 고장은 그 거리의 반쯤 된다. 새벽에 떠나서 산에 오를 것 같으면 오시가 되기 전에 산 중턱에 다다를 수 있다. 비록 지경은 다른 고을이지만 이 산은 실지로 내 집의 산이다. 나는 어릴 때부터 부형을 따라 괴나리 봇짐을 메고 이 산에 왕래하면서 독서하였던 것이 헤아릴 수 없을 정도였다.……

청량산은 학문의 성지라고 여길 정도로 퇴계의 제자들이 자주 찾았던 곳이다. 퇴계에 있어서는 정신적인 고향이었다. 지금도 퇴계가 글공부했던 청량산 중턱에는 청량정사가 남아있다.

청량산은 오가산 즉 우리 집안의 산이라 하여 퇴계에게는 산 이상의 의미를 가졌던 학문과 사상의 산실이었다. 거기에서 사상을 심화시켰으며 독자적인 학문을 완성했다. 말년에 퇴계가 자신의 호를 청량산 주인으로 삼은 것은 청량산에 대한 그의 남다른 애정에서 비롯된 것이다.

퇴계는 '유산여독서(遊山如讀書)'라 하여 산에 오르는 것을 글을 읽는 것과 같다고 했다. 심성을 닦는 일, 학문을 하는 일이라고 생각했다. 퇴계가 청량산에서 얻고자했던 것은 경(敬)이었고 경의 마음을 청량산에서 본받고자 했다. 그는 진정한 공부와 수양의 상태를 경으로 보았다.

이 「청량산가」는 두류산 양단수를 무릉도원에 비유한 남명의 「두류산

청량정사

경상북도 문화재자료 제244호, 경북 봉화군 명호면 청량산길 199-134(북곡리)

송재 이우(1469~1517)가 조카인 온계와 퇴계, 조효연 등을 가르치던 건물이다. 또한 여기서 성리학을 연구하며 후학을 양성하였으며 국문시가인 '도산십이곡'을 지었다고 한다.

출처 : 문화재청

가」와 흡사하다. 철학의 두 거봉 퇴계와 남명이 두 시조에서 맥을 같이한 것은 우연만이 아니다. 두 학자에게 산·도화·물, 무릉도원은 그들이 추구한 학문과 사상의 근원이 되었으며 철학의 산실이 되었다.

그는 45살(1545)에 을사사화를 맞아 이듬해에 해직되었다. 건지산 기슭 낙동강 상류 토계 인근에 양진암을 짓고 토계를 퇴계라 개칭하고 자신의 아호로 삼았다.

1549년에는 병을 이유로 관직에서 물러나 토계 인근에 한서암을 짓고 이곳에서 후학을 양성했다. 이듬해에 형인 온계가 참소를 당해 유배지로 가던 도중 목숨을 잃었다. 이황이 벼슬을 버리고 학문 연구에 몰두한 것도 을사사화의 환멸과 형 온계의 비극 때문이었다. 조정에서 벼슬을 내려도 사직 상소를 올려 받지 않았고, 마지못해 관직에 올랐다가도 곧바로 사퇴하곤 했다.

56세에 홍문관 부제학, 58세에 공조참판에 임명되었으나 여러 차례 고사하였다. 퇴계는 물러감을 구하지만 뜻대로 되지 않고 작고 큰 벼슬에 관심이 없었으며 벼슬이 끊이지 않았다.

퇴계는 이렇게 말하였다.

> 나의 진퇴는 전후가 다르다. 전에는 명이 있으면 곧 달려갔고 후에는 부르면 반드시 사퇴하였으며 가더라도 오래 머무르지 않았다. 그것은 자리가 낮으면 책임이 가볍고 벼슬이 높으면 책임이 크기 때문이다. 옛날 어떤 사람은 대관을 제수 받으면 곧 달려가서 '임금의 은혜가 지극히 무거워 어찌 물러갈 수 있으랴' 하였다지만 나는 그렇게 생각하지 않는다. 만약 출처의 대의를 돌보지 않고 한갓 임금의 총애만을 중히 여긴다면 그것은 군신간의 예와 의가 아니라 작록 때문이니 옳겠는가.[1]

그의 「도산잡영」에서 퇴계는 다음과 같이 말했다

> 아아 내가 먼 시골에서 태어나서 고루하여 들은 것이 없으면서도 산림 가운데 즐거움이 있다는 것은 일찍 알았다. 그러나 중년에 망령되이 세상 길에 나아가 바람과 티끌이 뒤엎는 속에서 여러 해를 보내면서 스스로 돌아오지도 못하고 거의 죽을 뻔하였다.
>
> 그 뒤 나이는 더욱 늙고 병은 더욱 깊어지고 처세는 더욱 곤란하여지고 보니 세상은 나를 버리지 않지만 내가 세상을 부득이 버리지 않을 수 없

시조로 보는 우리 문화

---

1 정순욱, 『퇴계평전』(지식산업사, 1987), 91쪽.

게 되었다. 그래서 번롱을 벗어나고 전원에 몸을 던지니 앞에서 말한 산
림의 즐거움이 뜻밖에 내 앞으로 닥쳤던 것이다. 그러면 내가 오랜 병을
고치고 깊은 시름을 풀면서 늙으막을 편히 할 곳은 여기를 버리고 어디서
구할 것인가.

—「도산잡영」에서

이황은 60세에 도산서당을 짓고 아호를 '도옹'이라 했다. 거기서 7년
간 독서와 수양ㆍ저술에 전념하며 많은 제자들을 길러냈다. 이 때「도산
십이곡」을 지었다.

이런들 어떠하며 저런들 어떠하뇨
초야우생이 이렇다 어떠하료
하물며 천석고황을 고쳐 무슴하료

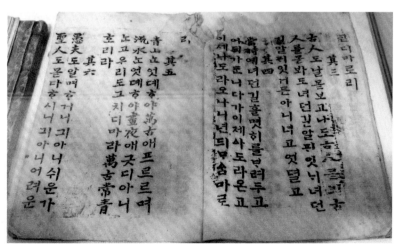

퇴계선생의 「도산십이곡」 친필 목판본
소수서원

도산서원

사적 제170호, 경북 안동시 도산면 도산서원길 154(토계리)

청산은 어찌하여 만고에 푸르르며
유수는 어찌하여 주야에 긏지 아니는고
우리도 그치지 마라 만고상청하리라

첫수는 「도산십이곡」 중 서곡이고 둘째 수는 후 제11곡이다. 전육곡은 '언지'로 뜻을, 후육곡은 '언학'으로 학문을 말한다.

이런들 어떻고 저런들 어떠한가. 시골에 묻혀 사는 어리석은 사람이 이러한들 어떠한가. 자연을 사랑하고 귀의하고픈 마음을 고쳐 무엇하겠는가. 작자가 벼슬하다 수십 차례 사직서를 낸 내력이 이를 증명해주고 있다.

청산은 어찌하여 만고에 푸르르며 흐르는 물은 어찌하여 밤낮을 그치지 않는가. 우리도 그치지 않고 오랜 세월 변함없이 푸르리라. 영원히 학문의 길을 가겠다는 것이다.

이황은 죽을 때까지 학문의 길을 걸었다.

그는 '도산십이곡발'에서 우리 말 노래의 가치를 다음과 같이 평했다.

> 한시는 읊을 수는 있으나 노래 부를 수 없는 것이기에 우리말 노래를
> 찾았으나 한림별곡류라 고 한 경기체가는 방탕스럽게 들떠 있는 것이어
> 서 배격하고, 이별의 「육가」 형식을 본떠서 「도산육곡」 전후 12수의 시조
> 를 짓는다.

한문을 자유롭게 사용할 수 있는 조선시대 사대부라 하더라도 자신의
감정을 표현하는 데에는 우리말만 한 게 없다는 것이다. 가요를 풍류로
서 즐기려는 선각자의 일면을 보여주고 있다. 이 시조는 지금도 평시조
창으로 즐겨 부르고 있는 곡이다.

명종은 예를 두터이 하여 그에게 출사를 종용하였으나 듣지 않았다.
근신들과 함께 '초현부지탄(현인을 초빙하였으나 오지 않으니 한탄스럽
구나)'이라는 제목으로 시를 짓고 몰래 화공을 도산으로 보내어 그 풍경
을 그리게 했다. 거기에 송인으로 하여금 「도산기」 및 「도산잡영」을 써
넣게 하여 병풍을 만들고는 그것을 밤낮으로 처다보며 이황을 흠모했
다. 이런 정도였으니 사액서원으로 만들어 달라는 퇴계의 청을 명종이
거절할 이유가 없었다.

이황은 풍기 군수로 있으면서 1543년 주세붕이 세운 백운동서원에
편액과 서적, 학전 등을 내려줄 것을 건의하였다. 조정에서는 이 건의를
받아들여 1550년 백운동서원에 소수서원이라는 편액과 함께 면세와 면
역의 특권을 부여해주었다. 이 소수서원이 조선 최초의 사액서원이다.

1567년 명종이 돌연 승하했다. 그는 왕의 행장을 지었고 예조판서,
판중추부사, 대제학 겸 지경연·춘추관성균관사 등이 되었다. 이 때 왕

실에 대한 정치적 조언을 담은 「무진육조소」와 선정을 베풀어 달라는 우국충정의 「성학십도」를 지어 어린 선조 임금께 올렸다.

퇴계는 48세되던 1548년 1월 충청도 단양 군수로 임명 받아 10개월간 재직한 적이 있었다.

여기에서 관기 두향을 만났다. 그녀는 자색이 뛰어났고 시·서·화에 능했으며 특히 매화와 난을 사랑했다. 두향은 매화 사랑이 남달랐던 퇴계에게 진귀한 매화분을 선물했다. 퇴계는 마음을 열었고 두향 역시 퇴계를 연모했으며 있는 날까지 그의 곁을 떠나지 않았다.

그해 10월 형 온계가 충청 감사로 와 퇴계는 상피제에 따라 임지를 풍기 군수로 옮겼다. 이 때 그 매화분을 도산서원에 옮겨다 심었다. 두향은 퇴계가 떠난 후 20년 동안 정절을 지켰다. 퇴계가 타계하자 퇴계와 노닐었던 강선대 기슭에 묻어달라는 유언을 남기고 목숨을 끊었다.

최인호는 「청소년의 유림」에서 퇴계와 두향과의 러브 스토리를 다음과 같이 구성했다.

시조로 보는 우리 문화

이황을 사모한 두향이 분매와 함께 편지를 보냈다.
매화를 보며 이황이 이와 같이 읊었다

옛날 책 속에서 성현을 만나보며
비어 있는 방안에 초연히 앉아있노라
매화 핀 창가에 봄소식 다시 보니
거문고 대에 앉아 줄 끊겼다 탄식마라

두향의 편지글

"나리 편지와 함께 분매 한 그루 보냅니다. 나리를 생각하며 소첩이 20년 동안 정성껏 가꾸어온 매화입니다.

올해 피어난 백매는 다른 해보다 빙자옥질하여 소첩이 나리를 상사하는 아취고절의 모습을 그대로 빼다박았으니 이 매화를 소첩 보듯 바라봐 주십시오."

이황은 아침 일찍 일어나 그가 이름 지어준 우물물(열정)에서 손수 물을 길어 물동이에 담아 두향에게 물을 보냈다.

정화수를 받은 두향은 그날 밤 강선대로 내려가 차가운 얼음물에 머리를 감고 몸을 씻었다.

그리고 매일 밤 하루도 빼놓지 않고 이황을 위해 치성을 드렸다.

두향지묘에는 이렇게 써 있다.

'성명은 두향 중종시대 사람이며 단양태생 특히 거문고에 능하고 난과 매를 사랑했고 퇴계 이황을 사랑했으며 수절종신 하였다.'

그리고 퇴계 이황의 마지막 말은

"저 매화나무에 물을 주어라."였다.

1570년 12월 8일 퇴계 임종시 이덕홍의 다음과 같은 기록이 있다.

8일 아침에 화분에다가 물을 주라고 하였다. 이날 날씨는 맑았다. 유시 초에 갑자기 흰구름이 지붕 위로 모여들고 눈이 한치쯤 내렸다. 잠시 뒤에 선생은 와석을 정돈하라하고 부축하여 몸을 일으켜드리자 앉아서 돌아가셨다. 그러자 구름은 흩어지고 눈은 개었다.

조선 후기 학자 이광려는 시를 지어 두향을 이렇게 기렸다.

외로운 무덤이 국도 변에 있어
흩어진 모래에 꽃이 붉게 비추네
두향의 이름이 사라질 때면
강선대의 바위도 없어지리라

퇴계 선생 묘비
경북 안동시 도산면 토계리

강선대는 충주댐이 생기면서 물에 잠겼다. 강선대 기슭에 있었던 두
향의 묘소는 충주호가 들어서자 퇴계 후손들에 의해 신단양 제미봉 산
기슭으로 옮겨졌다. 지금도 퇴계 후손이 그 묘소를 관리하고 제사를 지
내고 있다.

도산 서당으로 옮겨온 매화는 오래 전에 천수를 다했고 그 자목이 대
를 이었다. 그러나 1996년 극진한 보살핌에도 고사하고 말았다. 지금은
손자뻘 되는 자목이 도산서당 옆 뜰에서 자자손손 두 분의 사랑을 이어
가고 있다.

1570년 12월 8일 아침, 평소에 사랑하던 매화분에 물을 주게 하고, 와
석에서 일어나 의관을 정제한 뒤 앉은 채 운명했다. 향년 70세였다. 그

가 타계하자 선조는 3일간 정사를 파하고 조회를 하지 않았다.

"상례와 석물을 화려하게 하지 말고 작은 비석이나 하나 세우라"

이렇게 유언했다. 묘지석에는 '퇴도만은진성이공지묘(退陶晚隱眞城李公之墓)'라고 쓰여 있다.

사후 문순공의 시호를 내리고 증 '대광보국숭록대부의정부영의정겸영경연홍문관춘추관관상감사'를 추증하였다. 광해군 때 성균관 문묘에 종사되었으며 경북 안동의 도산서원을 비롯한 전국 40여 개 서원에서 향사되었다.

숙종 때까지 그의 뜻을 기리고자 소수서원과 도산서원에서 특별 과거가 주관되었다, 영조 때 폐지되었으나 정조 때 다시 부활되었다. 1968년 박정희 대통령 특별 지시로 천원 권의 첫 주인공이 되었으며 지금도 천원권 지폐의 도안 인물로 계속 유지되고 있다.

14세경부터 퇴계는 도연명의 시를 사랑했고 그 사람됨을 흠모하여, 도연명과 주자를 인생의 사표로 삼았다.

20세 무렵부터 『주역』 공부에 몰두해 건강을 해쳤으며 이후 잔병치레에 시달렸다. 27세(1527)에 문과 초시에 합격, 1533년 성균관에 입학하여 하서 김인후 등과 교유하였으며, 노수신, 김안국과도 친분을 맺었다.

그의 사상은 50~60세에 걸쳐 완성되었다. 『계몽전의』, 『주자서절요』, 『송계원명이학통록』, 『인심경석의』 및 기대승과 문답한 『사단칠정분리기서』 등의 명저가 있다.

퇴계가 정지운의 「천명도설」을 고쳐준 내용은 6년이 지난 뒤에 고봉이 이를 제기했다. 이것이 둘 사이의 본격적인 논쟁의 시작이 되었다. 이 때 퇴계는 59세, 고봉은 33세였다. 사단칠정에 대해 퇴계는 안동에서 고봉은 광주에서 1559년부터 1566년까지 편지를 주고받았다. 퇴계와 고봉은 네 차례의 짧은 만남이 있었을 뿐이었으나 편지를 주고받으면서 그들은 스승과 제자 사이로 발전하였다. 장현관은 '퇴계는 고봉 때문에 자익을 얻었으며 고봉은 퇴계로 말미암아 학문과 인격의 새로운 실현을 이룩하였다.'라고 말하고 있다.

성리학에 관한 다양한 저술을 남겼던 당대 최고의 이론가였던 동방의 주자, 이황. 그는 벼슬을 구치 아니하고 오로지 학문에만 열정을 쏟았다. 만대, 만인의 스승 중의 스승이었다.

2부

두류산 양단수를…

19. 조식의 「두류산 양단수를 …」

조식(曺植) 1501(연산군 7) ~ 1572(선조 5)

조선 중기의 학자이다. 철저한 절제로 일관하여 불의와 타협하지 않았
으며, 당시의 사회현실과 정치적 모순에 대해서는 적극적인 비판의 자세
를 견지하였다. 단계적이고 실천적인 학문 방법을 주장하였으며 제자들
에게도 그대로 이어져 경상우도의 특징적인 학풍을 이루었다.

19. 남명학파의 선구, 조식

조식은 경상도 삼가현 토골에서 태어났으며 호는 남명이다.

부친이 억울하게 벼슬을 빼앗긴 일이 있었다. 부친은 자리에 눕게 되었고 결국은 일어나지 못하고 왕명을 거역했다는 누명까지 쓰게 되었다. 남명은 3년 간 시묘살이를 끝내고 조정에 상소를 올렸다. 조정은 이를 받아들여 부친의 벼슬을 회복시켜 주었다.

남명은 벼슬에 환멸을 느끼고 과거의 길을 포기했다. 아버지의 죽음이 남명의 운명을 바꾸어놓았다.

어머니! 지금 조정에는 간사한 무리들이 권력을 휘둘러 걸핏하면 어진 선비들을 몰아 죽이고 있습니다. 조정에 남아 있는 벼슬아치들은 대부분 구차하게 녹봉을 챙기며 그 목숨 보전하고 있는 사람들입니다. 어머니께서도 저의 성격을 잘 알고 계시는데 어떻게 이런 간악한 사람들에게 굽실거리면서 벼슬하라 하십니까. 자칫 바른 말을 하다가 그들의 뜻을 어기면 목숨마저 부지하기 힘듭니다.[1]

남명은 유난히 총명했고 남달리 학문을 좋아했다. 그런 남명이었기에 과거의 길을 포기한다는 것은 어머니로서는 받아들이기 어려웠다. 그러나 어머니는 아들의 간곡한 뜻을 헤아려 학문에 매진하라는 위로의 말까지 해주었다. 어머니의 사려 깊은 덕택으로 남명은 피비릿내나는 을사사화를 면할 수 있었다.

22살 되던 해 남명은 조수의 딸을 아내로 맞아들였다. 처가는 김해에 사는 풍족한 집안이었다. 남명은 벼슬도 없이 학문만 하는 처사로 가난은 언제나 그를 따라다녔다. 그는 어머니를 모시고 부유한 김해 처가를 찾았다. 탄동에 산해정을 짓고 후진 교육에 힘썼다. 산해정은 높은 산에 올라 바다를 바라본다는 뜻으로 거기에서 학문의 기반을 닦았다.

조씨 부인은 14년이 지나서 아들을 낳았으나 9살에 아들을 저 세상으로 보냈다. 이 후 아들을 낳지 못했다. 남명은 아내를 처가에 두고 김해를 떠났다. 거처를 합천 삼가로 옮겼다. 아내와의 살뜰한 정은 없었지만 그는 평생 은혜와 의리를 저버리지 않았다. 혼자 사는 남명에게는 음식이며 옷가지이며 여간 불편한 것이 아니었다. 이후 은진 송씨를 첩으로 맞아들여 세 아들을 얻었다.

벼슬길에 나아가라는 이황의 권고도 거절했고 여러 차례 왕의 부름에도 나아가지 않았다. 학문에만 전념했으며 명성은 자꾸만 높아져 갔다.

> 두류산 양단수를 예 듣고 이제 보니
> 도화 뜬 맑은 물에 산영조차 잠겼세라
> 아희야 무릉이 어디뇨 나는 엔가 하노라

두류산은 지리산의 다른 이름이다. 백두산 줄기가 이곳까지 뻗었다하

---

1 김권섭, 『선비의 탄생』(다산초당, 2008), 76쪽.

여 명명한 이름이다. 양단수는 두 줄기로 갈리어 흐르는 물을 말한다. 무릉은 무릉도원, 별천지, 선경을 말한다. 두류산 양단수를 예전부터 듣고 이제 와 보니 복사꽃 뜬 맑은 물에 산그림자 조차 잠겼구나, 아희야 무릉도원이 어디냐 나는 여기인가 하노라.

두류산 양단수를 무릉도원에 비유했다. 그는 무릉도원에서 살기를 원했고 그가 사는 곳이 바로 무릉도원이었다.

그는 현실 비판에도 직언을 서슴지 않았다.

명종이 남명에게 단성현감 자리를 내렸다. 이 때 죽음을 각오하고 임금님께 그 유명한 을묘사직소인 단성소를 올렸다. 명종을 고아로 문정왕후를 과부로 불렀다. 상당히 과격한 발언이었다.

> 자전(慈殿, 문정왕후)은 깊은 곳에 처하여 있으니 궁중의 한 과부에 지나지 못하고 전하는 나이 어리니 선왕의 한 고자(孤子,고아)에 지나지 못하는데 백 천 가지의 재앙과 억만 창생의 인심을 무엇으로 당하려 하십니까?

임금이 진노하여 다시는 남명을 부르지 않았다. 죽음으로 맞선 누구나 할 수 있는 일이 아니었다. 이렇게 불의와는 일체 타협하지 않았다.

회갑을 맞이한 남명은 지리산 덕산으로 거처를 옮겼다. 거기에다 산천재를 짓고 학문과 후진 교육에 힘썼다.

> 봄산 어디인들 방초야 없겠는가
> 다만 천왕봉이 상제와 가까이 있음을 사랑해서이네
> 맨손으로 왔으니 무엇을 먹을 건가
> 은하수 맑은 물이 십리에 흐르니 먹고도 남으리
>
> ―「덕산복거(德山卜居)」

산천재

사적 제305호, 경남 산청군 시천면 남명로 311

이 시에서 남명은 지리산 가운데 덕산으로 거쳐를 정한 이유를 말하고 있다. 만년으로 갈수록 곤궁해져갔다. 적실 소생이 없으므로 자기명의로 되어 있는 토지와 장자로서의 권리를 동생인 조환에게 전부 물려주었다. 맨손은 이를 두고 말한 것이다.

남명은 이런 시도 남겼다.

청컨대 천석들이 종을 보게나
크게 치지 않으면 소리나지 않는다네
어떡하면 저 두류산 처럼
하늘이 울려도 울지 않을 수 있을까

천석들이 큰 종은 크게 쳐야한다. 거기에 맞는 당목으로 쳐야 소리가

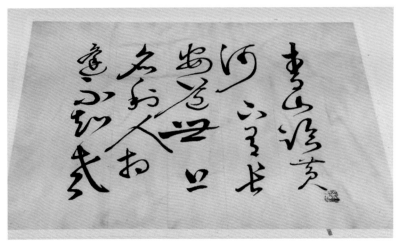

남명 선생이 쓴 오언절구의 한시

난다. 자신의 뜻을 큰 종에 비유했다. 벼슬과 재물에 몸과 마음을 빼앗기지 않는, 하늘이 울려도 울지 않는 지리산 같은 존재가 되겠다는 웅지. 남명은 그런 뜻을 세우고 그런 경지를 추구하고자 했다.

　남명이 대곡을 만난 것은 18살 서울에 있을 때의 일이었다. 두 사람은 조석으로 학문 토론도 하고 잠도 같이 자면서 인간적인 교감을 나누었다. 대곡은 사마시에 합격했으나 을사사화 때 수많은 선비가 죽는 것을 보고는 속리산으로 들어갔다. 『남명집』에 대곡에서 보낸 7통의 편지와 10여수의 한시가 전하고 있다.[2]

　남명이 죽었을 때 대곡은 묘갈문에 이렇게 적었다.

　　벗을 사귀는 일도 반드시 신중하였다. 그 사람이 벗 삼을 만한 사람이면 비록 평범한 사람일지라도 왕처럼 높여 예의를 차려 존경했다. 그 사

2　앞의 책, 85쪽.

람이 벗 삼을 만한 사람이 못될 경우에는 비록 벼슬이 높을 지라도 마치 흙먼지나 지푸라기처럼 보아 그들과 같이 남아 있는 것을 부끄럽게 여겼다. 이런 까닭에 교우가 넓지 못했다. 그러나 공이 사귀어 사람들은 모두 학행과 문예가 뛰어난 당대의 이름난 선비들이었다.

우암 송시열은 대곡의 묘갈명에서 두 사람과의 관계를 이렇게 썼다.

> 대곡선생은 남명과 가장 막역한 친구였다. 대개 남명이 깎아지른 듯한 천 길 낭떠러지와 같은 기상을 지니고 있다면 선생은 순하고 부드러운 성품을 지녔다. 남명이 말하기를 "대곡은 다듬은 금붙이나 아름다운 옥 같아서 내가 미치지 못한다"라고 하였다.[3]

남명의 면모를 잘 보여준 예이다.

남명은 젊은 시절 청송 성수침과 어울려 놀기도 했다. 『어우야담』에 다음과 같은 이야기가 전하고 있다.

> 남명은 청송 성수침과 어려서부터 서로 벗을 하였다. 일찍이 성수침과 기생집에 가서 놀았는데 기생들과 어느 날 만날 약속을 정하였다. 마침 그날 다른 일이 생겨서 약속을 어길 상황이 되었으나 남명은 아무리 기생이라도 약속을 어기면 안된다고 하면서 억지로 그 약속을 지켰다. 그래서 훗날 대인이 되었다.[4]

기생 같은 하찮은 존재라도 약속을 지켰으니 대인이 될 자질을 갖추었고 또 마침내 그렇게 되었다는 것이다.

향시 때 경상 좌도에서는 퇴계가 경상 우도에서는 남명이 일등을 했

---

3 앞의 책, 94쪽.

4 정우락, 『남명과 이야기』(경인문화사, 2007), 148쪽.

다. 이들은 학문과 인품이 뛰어났으며 수많은 제자를 길러냈다. 이렇게 해서 퇴계학파, 남명학파는 우리나라 사상계의 큰 두 흐름을 형성했다.

퇴계와 남명은 서로 명성을 듣고는 있었지만 직접 만나지는 못했다. 고작 세 번의 편지를 주고받았을 뿐이었다. 이무렵 퇴계는 기대승과 편지로 이기론에 대해 논쟁하고 있었다. 남명은 이들의 생각과도 달랐다. 학문의 본질은 말보다는 실천하는데에 있다고 믿었다.

후대 실학자 이익은 『성호사설』에서 퇴계와 남명을 이렇게 썼다.

> 중세 이후에는 퇴계가 소백산 밑에서 태어났고 남명이 두류산 동쪽에서 태어났다. 모두 경상도의 땅인데 북도에서는 인을 숭상하였고 남도에서는 의를 앞세워 유교의 감화와 기개를 숭상한 것이 넓은 바다와 높은 산과 같게 되었다. 우리의 문화는 여기에서 절정에 달하였다.[5]

시조로 보는 우리 문화

퇴계는 성리학의 뿌리인 인을 숭상하고 남명은 생활을 중시하는 의를 실천했다.

당시의 유학자들은 형이상학적인 논의만 일삼았지 남명처럼 실질적인 문제에 관심을 두지 않았다. 남명은 경과 의를 강조했다. '경'으로서 마음을 곧게 하고 '의'로서 외부 사물을 처리해간다는 경의협지(敬義夾持)를 표방했다.

그는 거울 같은 맑은 마음을 유지하기 위해서 항상 '칼'과 '방울'을 갖고 다녔다. 이를 '경의검', '성성자'라고 하였다. '안으로 마음을 밝히는 것'은 '경'이요, 밖으로 행동을 결단하는 것이 '의'라는 문구를 새긴 칼을 항상 차고 다녔다. 그래서 칼은 이름이 '경의검'이 되었다. '성성자'는 주자의 '경' 4개 종목 중의 하나인 '상성성법(常惺惺法)'에서 '성성'을 취했

---

5 김권섭, 앞의 책, 107쪽.

다. 항상 마음을 초롱초롱 각성의 상태로 유지한다는 의미이다. '거울, 방울, 칼'은 단군신화에 나타나는 환웅이 환인에게 받은 천부인 셋을 상징한다. 그는 이를 수양의 도구로 삼았다. 그에게는 평생 스승이 없었다. 높은 경지에 이른 것은 이러한 자신의 치열한 수양 때문이었다. 스승이 있다면 그것은 지리산이었다.

칼은 내암 정인홍에게, 방울은 외손서인 동강 김우옹에게 전했다고 한다.

손서 김우옹과는 이런 얘기가 전해오고 있다.

> 남명이 덕산의 산천재에서 제자를 가르치고 있었다. 동강 김우옹과 내암 정인홍 등과 함께 있었는데 하루는 산천재 뜰 안에 자라고 있는 소태나무의 껍질로 국을 끓였다. 이 때 강당에서 쉬고 있던 내암과 동강을 불러 같이 그 국을 먹도록 하였다. 두 사람은 쓴 소태국을 선생의 명령에 따라 한 모금씩 입에 넣고 먹기 시작하였다. 그런데 평소에도 성격이 호방화급했던 내암은 아주 쓰다는 표정을 지으며 그 국을 토해버렸다. 그러나 도량이 넓었던 동강은 끝까지 참으며, 그 쓰디쓴 소태국을 다 먹었다. 이렇게 하여 남명은 동강을 외손서로 삼았다.[6]

조식의 대표적인 문인으로는 정구, 곽재우, 정인홍, 김우옹, 이제신, 김효원, 오건, 강익, 문익성, 박제인, 조종도, 곽일, 하향 등을 들 수 있다.

이들은 경상 좌도의 이황과 쌍벽을 이루었고 경상 우도의 학풍을 대표했다.

남명은 왜적을 경계할 것을 제자들에게 항상 말해왔다. 그의 실천적 학문은 임진왜란이 일어나자 그 진가를 발휘했다. 경상도의 의병장들이

---

6 정우락, 앞의 책, 214쪽.

덕천서원

시도유형문화재 제89호, 경남 산청군 시천면 원리

모두 남명의 제자였다. 국가의 누란의 위기 앞에서 제자들은 투철한 선비정신을 발휘했다. 그 중엔 남명의 외손서 곽재우 장군도 있었다. 이러한 정신은 조선말까지 이어졌다.

산청의 덕천서원, 김해의 신산서원, 삼가의 용암서원 등에 제향되었다. 저서로『남명집』,『남명하기유편』,『파한잡기』 등이 있으며 작품으로「남명가」,「권선지로가」가 있다. 시호는 문정이다.『청구영언』,『해동가요』에 시조 3수가 전하고 있다.

조선 선비 가운데 기절로서 으뜸이었던 남명.

인, 의, 진실, 거짓도 이익 앞에서는 아무런 힘도 쓰지 못한다. 그런 시대에 우리가 살고 있는 것이 아닌지 모르겠다. 그러기에 님의 의과 기가 더욱 그립기만 하다.

20. 홍섬의 「옥을 돌이라 하니 …」

홍섬(洪暹)　1504(연산군 10) ~ 1585(선조 18)

조선 중기의 문신이며 조광조의 문인이다. 김안로의 전횡을 탄핵하다 무고로 유배, 김안로의 실각 후 석방되었다. 궤장을 하사받고 우의정, 좌의정을 거쳐 영의정을 세 번 걸쳐 중임했다. 청백리에 뽑혔으며 문장에 능하고 경서에 밝았다. 흥양 유배 시 자신의 심경을 노래한 가사 「원분가」가 있다.

20. 박물군자, 홍섬

　홍섬이 이조좌랑에 있을 때였다.

　홍섬이 김안로의 전횡을 탄핵하다 그가 장을 맞고 홍양으로 귀양 가는 길이었다. 곤장을 맞은 상처에서 피가 줄줄 흘러 온통 옷이 시뻘겋게 젖었다. 사람들은 그것을 보고 얼굴을 외로 돌렸다.

　공주 금강 나루터에서 과거를 보러 한양으로 올라가는 선비들이 있었다. 거기에서 귀양가는 홍섬을 만났다. 그 중 제일 나이가 어리고 외모가 의젓한 선비 한 사람이 홍섬을 보고 큰소리로 외쳤다.

　"내가 들으니 홍섬은 사류(士類)라 하오. 지금 죄 없이 곤장을 맞고 유배를 당했으니, 필시 소인배가 나라의 정사를 어지럽히고 있는 것 같소. 우리가 이러한 때에 과거를 보아서 무엇 하겠소? 그만들 돌아갑시다."

　앓아 누워 있는 홍섬이 이 말을 듣고 매우 신선하여 젊은이의 이름을 물었다. 임형수라고 했다.[1]

1　이광식, 『우리 옛시조여행』(가람기획, 2004), 145쪽.

이 젊은이는 나중에 부제학까지 지낸 인물이다. 그러나 직필직언으로 소윤 일파에게 밉보여 결국 양재역 벽서 사건에 연루되어 사약을 받았다.

> 옥을 돌이라하니 그래도 애다래라
> 박물 군자는 아는 법 있건마는
> 알고도 모르는 체하니 그를 슬허 하노라

옥을 돌이라고 하니 그래도 애닯구나. 온갖 것을 통달한 박물군자는 아는 법이 있건마는 알고도 모르는 체하니 그를 슬퍼하노라. 시비곡직을 제대로 가리지 않을 뿐더러 알 만한 사람도 알고도 모르는 체하니 참으로 슬프다는 것이다. 홍섬은 시조 한 수로 이렇게 탄식했다. 유배 당시에 쓴 시조가 아닌가 생각된다.

홍섬은 조선 중기 때의 문신으로 본관은 남양, 자는 퇴지이다. 호는 인재로 영의정 언필의 아들이다. 어머니 송씨는 영의정 송일의 딸이고, 영의정 홍섬의 어머니이다. 어머니는 근고에도 없는 영광을 두 번씩이나 누렸다.

노수신이 시를 지었다.

> 세 번 좇아 정승집 문 밖을 나가보지 않았으니
> 이런 일 지금 세상엔 처음있는 일일세
>
> 한 덕으로 세 번 좇으니 모두 정승의 귀한 자리에 올랐고
> 100년에서 6년 모자라니 오랜 수를 누렸네[2]

---

2 이수광, 정해렴 역, 『지봉유설정선』(현대실학사, 2000), 313쪽.

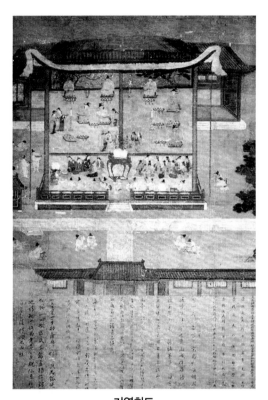

기영회도

보물 제1328호

기영회란 기로회라고도 하며, 만 70세 이상의 2품 이상 원로 사대부로 구성된 모임을 말한다. 이 그림은 조선 중기 국가의 원로들이 참석한 기영회 모임을 기념하여 그린 그림이다. 이 모임에 참석한 이는 홍섬, 노수신, 정유길, 원혼, 정종영, 박대립, 임열 등 7명이다.

출처 : 문화재청

조광조의 문인으로 사마시에 합격하였고 식년 문과에 급제했다. 이조좌랑, 대사헌을 지냈으며 김안로의 모함으로 귀양갔다가 3년 만에 풀려났다. 좌찬성 겸 이조판서, 이듬해 대제학을 겸임하게 되자 좌찬성을 사임하였다. 이량의 횡포를 탄핵하다 사직 당했고 판의금부사로 복직되어 예문관 · 홍문관의 대제학을 지냈다. 선조 즉위 우의정에 올랐으나 남곤

소세양 신도비
전북유형문화재 제159호, 전북 익산시 왕궁면 용화리 산33번지

의 죄상을 탄핵하다 또 다시 파직되었다. 1571년 좌의정이 되어 궤장이 하사되었고 영의정에 승진, 세 번씩이나 중임하였다. 문장에 능하고 경서에 밝았다.

청렴하고 신중한 자세로 공사에만 힘써 많은 이들에게 칭송받았으며 효행이 독실하여 늙어서도 이를 게을리 하지 않았다. 홍섬이 80이 다 된 나이에 모친상을 당하여 예에 따라 거행했는데 상이 고기를 먹도록 명하였는데도 여전히 채식을 했다. 상을 마치자 사람들은 하기 어려운 일을 했다고 칭송해마지 않았다. 향년 82세에 졸했다.

김안로의 전횡을 탄핵하다 일당의 무고로 흥양에 유배되었을 때 자신의 심경을 읊은 가사 「원분가」가 있다. 김안로가 사사된 후 풀려나 그 원회를 읊은 것이다. 가사는 전해지지 않으나, 조위의 『만분가』가 홍섬의 것이 아닌가 하는 견해도 있다.

저서로 『인제집』, 『인제잡록』 등이 있다. 남양의 안곡사에 제향되었고 시호는 경헌이다.

21. 김인후의「엊그제 버힌 솔이…」

김인후(金麟厚)　1510(중종 5) ~ 1560(명종 15)

조선 중기의 문신으로 홍문관 박사 겸 세자시강원 설서를 역임, 세자 인종을 가르쳤다. 세자가 그려준 묵죽도 한 폭과 김인후의 화제는 군신 사이의 모범적인 정의로 칭송받고 있다. 인종이 즉위 8개월 만에 사망하고 을사사화가 일어나자 고향으로 돌아가 성리학 연구와 후학 양성에만 전념했다. 이기이원론의 견해를 취했으며 성경의 실천을 학문의 목표로 삼았다.

21. 백세의 스승, 김인후

1547년(명종 2) 9월 양제역에서 한 벽서가 발견되었다.

'여주가 위에서 집정하고 간신 이기 등이 밑에서 농권한다. 나라가 망할 때가 가까운 징조이니, 어찌 한심하지 않느냐.'

윤원형은 을사사옥 잔당의 짓이라 하여 송인수, 임형수, 이약빙을 죽이고 이언적, 정자, 노수신, 유희춘 등 10여 명을 귀양 보냈다.

벽서의 옥, 정미사화이다.

어느 날 윤원형이 홍문관 부제학, 임형수와 술자리를 마련했다.

임형수를 자기 편으로 끌어들이기 위해서였다.

"자, 어서 드시지요, 부제학."

임형수가 윤원형을 노려보았다.

"공이 나를 죽이지 않는다면 내가 주량껏 마시겠소."

윤원형은 새파랗게 질려 자리를 떴다. 형수는 제주목사로 쫓겨났다. 이어 파직되어 나주의 고향집으로 돌아왔다.

그도 송인수처럼 벽서 사건에 연루되었다. 윤원형의 사주에 의한 것이었다.

금부도사가 나주까지 달려왔다. 임형수는 그 자리에서 부모님이 계신 방쪽을 향해 두 번 절했다.

임형수가 사약을 받을 때 10살도 채 안 된 아들을 불러 유언했다.

"글을 배우지 말라."

아이를 다시 불러 세웠다.

"글을 아니 배우면 무식할 사람이 될 터이니 글은 배우되 과거는 보지 마라."

그는 두 사발을 더 들이마셨다. 죽지 않자 목을 졸라 죽었다. 43세였다. 모두가 형수의 죽음을 애통해했다.[1]

이황은 "참으로 재주가 기이한 사람이었는데 죄없이 죽어 원통하구나." 하고 슬픔을 금치 못했다.

> 엊그제 버힌 솔이 낙락장송 아니런가
> 적은덧 두었든들 동량제 되리러니
> 어즈버 명당이 기울면 어느 낡이 받치랴

동량제는 훌륭한 인재인 임형수를 일컫는다. 명당은 임금이 신하들의 조현을 받는 정전이다. 여기서는 13세의 나이로 즉위한 명종의 조정을 가리키고 있다. 엊그제 베어진 솔이 낙락장송 아니던가. 잠깐 동안 두었던들 기둥감이 되었으리. 아, 조정이 기울면 어느 나무가 받칠수 있으랴.

하서 김인후는 임형수의 죽음을 애통해해 위 시조, '도임사수원사작단가(悼林士遂冤死作短歌)'를 지었다. 사수는 임형수의 자이다. 임형수는

---

1 최범서, 『야사로 보는 조선의 역사 1』(가람기획, 2006), 373쪽.

하서와 교분이 두터웠다. 하서는 촉망되던 동량재의 희생을 이렇게 가슴 아파했다.

> 용모가 단정하고 풍신이 수량하여 일신 밖의 물욕은 하나도 마음에 두지 않고 오직 서적과 한묵만을 좋아하였다. 일찍이 채소의 껍질을 쪼개는 데 반드시 알맹이가 나오기까지 쪼개면서 말하되 "생리의 본말을 보려고 그리한다." 하였다. 9세 때 복제 기준이 이를 보고 기이하게 여기었다. 차츰 장성하매 조용히 무엇을 생각함인지 묵묵히 앉아서 밤을 새웠다.
>
> 인종이 동궁에 있을 때 인후를 만나보고 크게 기뻐하여 은우가 날로 융성하여 혹은 친히 숙직하는 곳에 이르러 조용히 서로 토론도 하고 특별히 서책도 주며 또 먹으로 대나무를 그려주어서 은미한 뜻을 붙이매 인후가 시를 지어 사례했다.
>
> 동궁에 불이 나매 인후가 잡자를 올리되 "기묘사화는 조야가 모두 그 원통하고 억울함을 불쌍히 여기나 지금까지 본심을 개진하며 죄 없음을 드러내어 밝히지 못하고 있습니다." 하였는데 그 말이 절실하고 곡진하였다. 인종이 즉위하던 처음에 쾌히 신설하는 명령을 내렸는데 대개 인후가 그 기틀을 열어놓은 것이다. 봉양하기 위하여 옥과 감무로 나갔는데 민정에 맞추어 다스리매 일경이 편안하였다. 을사에 인종이 승하하매 놀라고 슬퍼하여 까무러쳤다가 다시 깨어났다. 인하여 병으로 벼슬을 사면하고 고향에 돌아가서 여러 번 벼슬을 제수하였으나 나가지 않았다. 선영 옆에 서재를 짓고 '담재(湛齋)'라 편액하고 인하여 호를 삼았다.[2]

김인후의 자는 후지, 호는 하서 또는 담재, 전라도 장성 출신이다. 김안국에서 소학을 배웠고 1531년 성균사마시에 합격하여 성균관에 입학, 이황과 교우가 두터웠으며 노수신, 기대승과도 사귀었다. 별시 문과에 급제하고 이듬해 사가독서 홍문관 저작이 되었다.

---

2 이가원, 『이조명인열전』(을지문화사, 1965), 326~337쪽.

청산도 절로절로 녹수도 절로절로
산(山) 절로 수(水) 절로 산수 간에 나도 절로
이 중에 절로 자란 몸이 늙기도 절로 하리라

40대 중반에 지은 「자연가」이다. 청산도 절로 녹수도 절로 나도 절로. 기발한 착상에 절묘한 표현이다. 자연과 인간은 하나이지 둘이 아니다. 만물은 자연 속에서 생성과 소멸을 반복한다. 이것이 자연의 섭리이다.

유희춘이 양재역 벽서 사건에 연루되어 귀양가게 되었다. 김인후는 그의 아들의 혼삿길이 막히자 나이와 인물됨이 맞지 않았음에도 불구하고 그를 사위로 맞아들였다.

인종의 동궁시절 하서는 시강원 설서가 되어 세자를 가르쳤다. 이때 세자는 하서의 학문과 덕행에 깊이 감동해 「주자대권」과 함께 손수 묵죽도 한 폭을 그려 하사했다. 바위 주위에 위태롭게 솟아 있는 대나무 그림이었다. 하서는 이어 그림에 맞게 시를 지어 화답했다.

뿌리와 가지, 마디 잎사귀는 빈틈없이 촘촘하고
돌을 벗삼은 정갈한 뜻은 그림 한 폭에 가득하네
이제야 알겠네, 성스러운 솜씨의 조화를
어김없이 하늘과 땅이 한덩이로 뭉치셨음을

각별한 애정을 담은 군신 간의 아름다운 합작품이다. 인종이 묵죽도를 하사한 것은 장차 하서를 크게 쓰려는 깊은 뜻이 들어 있었던 것이다.

36세 되던 해 인종이 즉위했으나 같은 해 7월 갑자기 승하했다. 소식을 들은 하서는 문을 닫아걸고 몇날 며칠을 대성통곡했다. 그리고는 병을 칭탁하고는 향리로 낙향했다. 세상을 등진 채 거기에서 평생을 학문을 닦으면서 보냈다.

인종의 묵죽도
필암서원

해마다 7월 1일 인종의 기일이 되면 집앞 난산에 올라 해가 질 때까지 음주, 통곡했다.

명종이 즉위하자 하서에게 학자로서의 최고의 영예인 홍문관 교리를 제수했다.

하서는 두어 섬의 술을 싣고 마지못해 서울로 떠났다. 가다가 대나무 숲이나 꽃이 핀 곳이 있으면 대나무숲, 꽃과 마주앉아 술을 마셨다. 그만 술이 떨어지자 집으로 되돌아오고 말았다. 애틋한 인종에 대한 그리움

난산의 통곡대

때문에 더는 갈 수가 없었다. 인종을 위해 그는 이렇게 절의를 지켰다.

하서는 인종을 그리워한 시를 짓기도 했다.

> 임의 연세 바야흐로 삼십이요
>
> 내 나이도 3기(1기는 12년)가 되려는데
>
> 새 정이 미흡하여 이별함이 화살 같도다
>
> 내 마음은 변할 줄 모르는데
>
> 세상일은 동편으로 흐르는 물이로다
>
> 젊은 나이에 해로할 짝을 잃었으니
>
> 눈은 어둡고 머리털과 이빨도 쇠했는데
>
> 덧없이 살기 무릇 몇해던가
>
> 지금까지 아직껏 죽지 않았네
>
> 잣나무 배는 강 한가운데에 있고
>
> 남산에는 고사리도 나지 않았네

김인후의 난산비

전남문화재자료 제241호, 전남 장성군 황룡면 맥호리 105번지

도리어 부럽도다 주나라 왕비는
살아 이별하여 권이장을 노래한 것이

필암서원 사당에 특별한 건물이 하나 더 있다. 경장각이다. 이곳에는
인종이 세자시절 하서에게 『주자대전』 한 질과 함께 손수 그려 하사한
'인종대왕묵죽도'와 그 목판이 소장돼 있다. 이후 묵죽도는 훗날 하서의
높은 절의를 표상하는 하나의 상징물이 되었다.

정조는 하서의 덕행과 절의를 높게 평가했다. 정조가 하서를 문묘에
배향할 때, 장성으로 파발을 보내 선왕이었던 인종께서 하사한 묵죽도
의 보관 여부를 확인하고 필암서원에 경장각을 세웠다. 하서 종가에서

경장각

필암서원 내, 정조 임금의 초서 친필

소중히 간직해 온 묵죽도를 경장각으로 옮겨 소장하게 한 것이다.

경장각 편액 글씨는 정조 임금이 초서로 쓴 친필이다. '경장각'은 '왕가 조상의 유묵을 공경스럽게 소장하라'는 의미를 담고 있다.

'인종대왕의 묵죽도'는 인종, 하서, 정조 세 인물의 고매한 인품과 애틋한 마음이 서려 있는 후세의 귀감이 되는 한 폭의 그림이자 또한 아름다운 이야기이기도 하다.[3]

우산 안방준은 '하서는 맑은 물에 연꽃 같기도 하고 광풍(光風)·제월(霽月) 같기도 하여 출처의 바른 것이 비교할 이가 없다.' 하였다.

제자로는 정철, 변성온, 기효간, 조희문 ,오건 등이 있으며 1796년 문묘에 배향되었다. 이기이원론(理氣二元論)의 견해를 취했으며 성경(誠敬)의 실천을 학문의 목표로 삼았다. 장성의 필암서원, 옥과의 영귀 선

3　신웅순, 「유묵이야기」, 『주간한국문학신문』, 2013. 11. 13.

장성 필암서원 전경

사적 제242호, 전남 장성군 황룡면 필암리 378번지

원에 제향되었다. 시호는 문정, 저서로는『하서집』이 있다.

하서는 시가 아니면 바로 설 수 없다 하여 그 많은 시로 평생을 자신의 생각을 표현했다. 1600여 수에 달하는 시를 남겼다.

하서는 진흙 속에서도 맑고 깨끗하게 피는 연꽃 중의 연꽃이었다. 이를 두고 군자라 하지 않던가. 인간은 백 년도 못 살지만 향기는 천 년을 간다고 한다. 백세의 스승 하서가 바로 그런 군자이다.

22. 황진이의「청산리 벽계수야…」

황진이(黃眞伊)　?~?

조선 중종 때의 개성 명기로 생몰 연대 미상이다. 벽계수, 소세양, 이
사종, 서화담 등과의 사랑 이야기와 시들이『성옹식소록』,『금계필담』,
『어우야담』등의 야사에 전해 오고 있다. 박연폭포, 서화담과 함께 송도
삼절로 불리운다. 예인으로서의 자존심을 지키며 고금을 통해 최고의 시
조 시인으로 불리워지고 있다.

22. 불세출의 명기, 황진이

　　종실에 벽계수라는 사람이 있었다. 그는 의젓했으나 찬바람이 휙 돌고 매정스러우리만큼 까다로웠다

　　'사람들이 한 번 진랑이를 보면 빠져버리나 나는 혹하지 않을 뿐 아니라 마땅히 쫓아버리겠다.'

　　이렇게 호언장담하고는 송도로 내려왔으나 진이의 노랫소리에 그만 나귀에서 떨어지고 말았다. 웃음거리가 되고 만 것이다.

　　『금계필담』에는 종실 벽계수와 황진이에 대해 다음과 같은 일화가 전해 오고 있다.

　　　황진이는 송도의 명기이다. 미모와 기예가 뛰어나서 그 명성이 한 나라에 널리 퍼졌다. 종실 벽계수가 그녀를 한 번 보기를 원하였으나 황진이는 성품이 고결하여 풍류명사가 아니고는 친하게 지내지 아니하였다. 이에 손곡 이달과 의논을 하였다.

　　　이달이 물었다.

　　　"공이 진랑을 만나려면 내 말대로 해야 하는데 따를 수 있겠소?:

벽계수가 답했다.

"당연히 그대의 말을 따르리다."

이달이 말했다.

"그대가 동자로 하여금 거문고를 가지고 뒤를 따르게 하여 황진이의 집을 지나 누에 올라 술을 마시고 거문고 한 곡을 타고 있으면 황진이가 나와서 그대 곁에 앉을 것이오. 그때 본체만체하고 일어나 재빨리 말을 타고 가면 황진이 따라올 것이오. 취적교를 지날 때까지 돌아보지 않으면 만약 그렇게 하지 않으면 일은 성공하지 못할 것이오."

벽계수가 그 말을 따라서 작은 나귀를 타고 동자로 하여금 거문고를 들게 하여 진랑이 집을 지나 루에 올라 술을 마시고 거문고 한 곡 탄 후 일어나 나귀를 타고 가니 진랑이 과연 뒤를 쫓았다.

취적교에 당도하자 동자에게 그가 벽계수인가를 묻고 이에 아름다운 목소리로 노래했다.

청산리 벽계수야 수이감을 자랑마라
일도 창해하면 다시 오기 어려우니
명월이 만공산하니 쉬어간들 어떠리.

벽계수가 이 노래를 듣고 갈 수가 없어서 시냇가에서 뒤돌아보다가 나귀 등에서 떨어졌다. 진랑이 웃으며 말했다.

"이 사람은 명사가 아니라 단지 풍류랑이로구나."

진이는 되돌아갔다. 벽계수는 매우 부끄럽고 한스러웠다.

양반 체면이 말이 아니다. 이 못난 벽계수야, 인생은 한 번 가면 그만 인데 천하의 명기 명월이가 여기 무르녹아 있는데 어찌하여 나와 즐길 줄 모르고 가려고 하느냐. 함께 쉬어가는 것이 어떻겠느냐. 인생무상과 함께 양반계급에 대한 지독한 풍자와 야유가 담겨 있다.

남자를 흐르는 물에 비유하고 공산에 뜬 명월을 자기로 비유한 것이 재미있다. 남존여비의 시대에, 양반계급이 극심한 때에 기생인 자기를 명월에 비기고 종친의 한 사람을 산골 물로 비유했다는 것은 황진이만이 할 수 있는 일이다. 예인으로서의 자존심, 미인으로서의 자존심이다. 사회적 신분으로 자존심이 상했을 때 느끼는 여자의 분노가 이 시조에서 저절로 배어 나오고 있는 것이다.

진이는 명기로서 이름을 떨쳤다. 남성으로서 그를 한 번 만나보기를 원치 않는 이가 없었다. 시정 거상들은 많은 돈을 가지고 그녀의 환심을 사려 했다. 그녀는 거들떠보지도 않았다. 풍류를 이해하지 못하는 남자에게는 오만하기 그지없었다. 짓궂고 장난꾸러기였으며 남성들을 울리며 농락까지 하였다. 점잔 빼는 남성들의 가면을 벗겨 생태를 직시하고 자신의 긍지를 재인식시켰다.

여기에 걸려든 비극의 주인공이 30년 면벽승 지족선사였다.

지족선사는 송도 근교 깊은 산속 암자에서 30년이라는 긴 세월을 수도해 온 스님이었다. 송도 사람들은 그를 생불이라고 존경했다. 그래서 진이는 지족선사를 택했다.

"뜻하는 바가 있어 불제자가 될까 하여 찾아왔습니다."

자기는 청상과부인데 스님의 제자가 되겠다고 슬픈 표정으로 애원하였다. 깊은 산속 속세와 절연하고 살아온 스님은 난데없는 미녀의 출연에 당황했다. 자신의 눈을 의심하였다. 자신의 수양 부족을 탓하며 '나무아미타불 관세음보살'을 되뇌이며 열심히 불도만 닦았다.

밤은 깊었다. 이젠 할 말이 없다. 진이의 몸가짐만이 등불 아래서 고요히 흔들릴 뿐이었다. 지족선사는 자신과 결사적인 싸움을 벌이고 있었다. 착 달라붙은 홍시 같은 살결을 훔쳐보며 선사는 더 이상 참을 수 없었다. 요염한 교태 앞에 그만 그는 무릎을 꿇고 말았다. 30년 면벽도 하루아침에 공염불이 되었다. 열반의 세계에 귀의하려던 지족선사는 오욕이 끓는 육체의 야차로 변해 버리고 말았다.

승무

대전시무형문화재 제15호, 대전시 동구 산내로 1232(구도동)

승무춤은 황진이가 지족선사를 유혹하려고 춤춘 데서 비롯되었다는 설이 있다.

출처 : 문화재청

목적을 달성한 진이는 암자를 빠져나왔다. 지족선사는 법복도 염주도 버리고 황진이를 찾아 헤매었다. 송도 거리의 반광인, 반걸인이 되었다. 그의 생사를 아는 이는 아무도 없었다.

허균은『성옹식소록』에서 다음과 같이 말했다.

지족노선은 삼십 년이나 면벽 수도를 했는데도 나한테 꺾이었다. 화담 선생만은 나하고 몇 해를 가까이 지냈는데도 끝내 문란한 지경에 이르지 는 않았다.

유주현의『녹수는 임의 정이』일부이다.

해가 한 나절이 되었을 때 진이는 허전한 가슴을 안고 지족암을 나섰
다. 몹시 부끄러웠다. 햇빛에 부끄럽고, 산에, 나무에, 날짐승에게 부끄러
웠다. 진이는 일부러 귀법사 어귀를 피해 산을 내려오다가 기어이 서소옥
을 만났다.

"왜 본사엔 들르지 않고 내려 가시려나요?"

합장을 한 채 물어오는 서소옥의 시선을 피한 진이는,

"부끄럽습니다. 스님."

간신히 한마디 할 수 있었다.

"기어코 지족스님을 파계시켰군요?"

원망하듯 말하는 서소옥에게

"아닙니다. 그분은 이미 불신불심이 다 된 어른인데 파계가 있을 수 없
습니다."

진이는 아직도 지족의 뜨거운 여운을 혈관 속에 느끼면서 다시 강조
했다.

"지족선사께는, 그 청정되고 평안한 그분의 마음에는 이 세상 누구도
돌을 던질 수 없어요."

청량봉 밑에는 아침인데도 뻐꾸기가 뻐꾹뻐꾹 울었다.

진이는 올 때처럼 머리에 쓰개치마를 썼다. 어쩐지 패잔하고 돌아가는
것 같아서, 자기의 얼굴이 처량해 보일까 봐서 눈만 남기고 가렸다.

"혹 기회 있으시거든 지족선사님께 말씀 드려주세요."

"뭐라고요?"

"진이는 참패했다면서 쓸쓸히 웃고 하산하더라고요."

지족선사가 고승이었다면 유혹은 이겨낼 수 있었을 것이다. 지족선사
도 선사 이전에 남자이다. 여자의 요염한 교태 앞에 무너지지 않을 남자
가 어디 있으랴? 그것이 더 인간적일지도 모른다, 도승의 가면을 벗긴
것이 통쾌할 수도 있겠으나 진이의 생각은 그렇지 않았다.기뻐해야 할
하산길은 진이에게는 참담하고 후회스러웠다. 결국 진이는 삼십 년 면
벽승을 망치게 했다. 인간의 약점을 찌른 애닮은 일화가 아닐 수 없다.

소세양은 중종 4년에 등과, 시문에 저명했으며 대제학까지 지낸 바 있는 명사였다.

『수촌만록』에 진이와 소양곡과의 30일간의 로맨스가 전해 내려오고 있다.

양곡 소세양은 젊은 시절에 스스로 배짱이 있다면서 항상 이렇게 말하였다.

"여색에 빠지면 남자가 아니다."

그는 송도 기생 황진이의 재주와 인물이 빼어나다는 말을 듣고 여러 친구들과 이렇게 약속하였다.

"내 이 계집과 더불어 30일만 함께 지내고 30일이 지나면 즉시 헤어지겠네. 그리고 다시는 털끝만큼도 마음에 두지 않을 것이네. 만약 이 기한이 지나서 하루라도 더 머문다면 자네들이 나를 사람이 아니라고 해도 좋네."

그가 송도에 가서 황진이를 만나보니 과연 뛰어난 여인이었다. 그리하여 소세양은 그녀와 더불어 즐거움을 나누며 한 달을 기한으로 그곳에 머물렀다.

이제 내일이면 그녀와 헤어져 가야만 하였다. 소세양은 황진이와 함께 개성 남쪽 누대에 올라 술잔치를 벌였다.

황진이는 조금도 이별의 슬퍼하는 기색이 없이 다만 한 가지를 청하였다.

"상공과 이별을 하게 되었는데 어찌 한마디 말이 없을 수 있겠습니까? 변변치 않지만 시 한 수를 바쳐도 되겠습니까?"

소세양이 허락하자 황진이는 즉시 다음과 같은 율시 한편을 써서 주는 것이었다.

달 비치는 뜰에 오동잎은 다 지고
서리 맞은 들국화가 노랗게 피었네
다락은 하늘에 닿을 듯 높고

사람은 천 잔의 술에 취해 버렸네.

흐르는 물은 거문고 가락에 맞춰 서늘하고

매화향기 피리소리에 들어 향기롭구나

내일 아침 이별한 뒤에

그리운 정이 푸른 물결처럼 퍼져나가리라.

소세양이 그 시를 읊조려 보고 탄식을 하며 말하였다.

"에라! 내가 사람이 아니지!"

하고는 다시 눌러앉았다.[1]

가지 말라는 말 한 마디만 하였던들 소세양은 안 갔을지도 모른다. 그는 매사에 다정다감한 남자였다. 그 사람은 영영 가버리고 말았다. 진이는 자꾸만 설움이 복받쳐 올랐다.

어져 내 일이야 그릴 줄을 모르던가

이시라 하더면 가랴마난 제 구태여

보내고 그리는 정은 나도 몰라 하노라

사무치게 저며오는 그리움이 너무나 절절하다. 되돌아 서서는 쏟아내는 회한의 정을 나도 모르겠다고 하고 있다.

진이의 무덤은 개성 장단 구정현 남쪽에 있다 하나 찾아볼 길이 없다. 전북 익산시 왕궁면 용화리에 소세양 신도비와 무덤이 있다.

500년이 지났어도 그들의 사랑은 이렇게 전설같이 남아 우리들에게 전해 주고 있는 것이다.

황진이와 가장 오랫동안 동거한 이는 선전관 이사종이었다. 이사종

---

1 임방 저, 김동욱 역, 『수촌만록』(아세아문화사, 2001), 139~140쪽.

은 당대의 명창이었다. 그는 황진이와 풍류를 즐기기를 원했다. 어느 날 천수원 천변에서 의관을 벗고 누워 노래를 불렀다. 진이는 산책을 나왔다가 천변 풀밭에서 쉬고 있는 참이었다. '저 노랫소리는 당대의 풍류객 이사종일시 분명하다' 하며 사람을 시켜 알아보았다.

진이는 이사종을 자기 집으로 데리고 와 며칠간 풍류를 즐겼다.

진이는 6년간 같이 살아보자고 했다. 이사종도 그러마라고 하였다. 이리하여 그들은 6년간 조건부 동거에 들어갔다. 그 이튿날 진이는 한양의 이사종 집으로 가재를 옮겼다. 거기서 삼 년간 이사종 식구들을 먹여살렸다. 이사종도 은혜를 갚기 위하여 삼 년 동안 송도에서 황진이 식구들을 먹여살렸다. 이사종의 집에서 삼 년, 황진이 집에서 삼 년, 조건부 6년이 다 되었다. 진이는 약속한 햇수가 다 찼으니 이젠 헤어지자고 하였다. 6년간의 동거생활을 마치고 진이는 이사종과 깨끗하게 헤어졌다.[2] 현대판 계약결혼이다. 그러나 어찌 인간의 정을 두부 자르듯 매정하게 끊을 수 있겠는가. 폭풍한설 긴긴 밤은 진이에게는 차라리 형벌이었다. 살아왔던 운우의 정을 그리 쉽게 단념할 수는 없는 법이다. 이사종에 대한 그리움은 갈수록 깊어만 갔다.

> 동짓달 기나긴 밤 한 허리를 둘러내어
> 춘풍 이불 아래 서리서리 넣었다가
> 어룬 님 오신 날 밤이어든 구뷔구뷔 펴리라

사랑하는 님은 누구라도 좋다. 떠꺼머리 총각, 지족선사, 서화담이라도 좋다. 소판서, 벽계수, 이사종이라도 좋다. 갈수록 채울 길 없는 허전한 마음을 진이는 더 이상 견뎌낼 수가 없었던 것이다. 진이는 사무치도

---

2 이능화, 『조선해어화사』(동문선, 1992), 338~339쪽에서 일부 각색.

록 그리웠다.

동짓날 긴긴 밤 한 허리를 베어내어 춘풍 이불 아래 서리서리 넣었다가 사랑하는 님이 오시는 날 밤에 굽이굽이 펼쳐놓겠다는 것이다. 얼마나 다정다감한 여인인가. 겉으로는 이사종과 깨끗하게 헤어진 것으로 보이지만 그런 진이도 가슴속에 쌓인 정은 어찌할 수 없었다. 올올이 풀어내야만 살 것 같았다. 독백치고는 너무나 안타깝다.

황진이와 애정관계에 있던 선비로 이생이라는 사람이 있다. 그는 재상의 아들이라고만 되어 있을 뿐 누군지 분명치 않다. 진이가 금강산이 천하명산이라는 말을 듣고 꼭 한 번 가려고 하였다. 그러나 동행할 만한 이가 없었다. 마침 이생이라는 위인이 있어 금강산에 동행을 하자고 했다. 호방한 이생은 함께 자진하여 따라나섰다. 이생의 하인은 따라오지 못하게 했다. 이생으로 하여금 양식을 짊어지게 하고 진이는 망혜에 죽장을 짚고 금강산으로 떠났다. 식량도 떨어졌다. 절에서 걸식도 하고 식량도 구했다. 그때마다 진이는 몸을 팔기도 하였다. 금강산으로 들어갈수록 굶주림과 피곤에 지쳐 얼굴은 자꾸만 초췌해져 갔다.

이때 송림 속에서 유생 여러 명이 주연을 베풀며 놀고 있었다. 진이가 공손히 배례하니 한 좌석을 내주었다. 한 선비가 술을 권했다. 진이는 사양하지 않고 마셨다. 그녀가 잔 잡고 한 곡조 뽑으니 청아한 음성은 온 산림을 흔들었다. 유생들을 감동시킨 것이다. 그들은 '안주도 마음대로 들구려.' 하면서 극진히 대접했다. 진이는 '나에게 하인 하나 있는데, 불러서 술과 남은 음식을 먹이는 게 어떻겠습니까?' 하고는 이생에게 술과 고기를 배불리 먹였다.[3]

이쯤되면 황진이의 성품이 어떤지 짐작할 수 있을 것이다. 양반도 굶

시조로 보는 우리 문화

---

3 앞의 책, 338쪽.

주림과 사랑 앞에서는 체면이고 무엇이고 없는가 보다. 양반을 하인 취급한 것 같지만 이는 양반에 대한 진이의 신중한 배려에서 나온 것이다.

황진이의 생몰 연대는 미상이며 이조 중종 때 개성 명기로만 알려져 있다. 문집이나 연보도 남아 있지 않다. 산재해 있는 문헌에 그녀의 일생을 짐작할 수 있는 야사들이 존재할 뿐이다. 황진이는 황진사의 서녀로 태어나 어릴 때 사서삼경을 읽고 시·서·음률에 뛰어났으며, 절세의 미인이었다고 한다.

진이의 어머니는 현금이었는데 자색이 매우 고왔다. 그녀의 나이 18세 때의 일이었다. 어느 날 변부교 아래에서 빨래를 하고 있었는데 어떤 사람이 다리 위를 지나가고 있었다. 의관이 화려하고 얼굴이 수려했다. 그 사람은 현금에게 미소와 손짓을 보냈다. 현금의 마음은 흔들렸다. 해는 지고 빨래하던 여인들도 다 갔다. 그 사람이 현금 앞에 나타나 물 한 바가지 떠달라고 하였다. 반쯤 마시고는 현금이 보고 마셔보라고 했다. 그런데 웬일인가? 그것은 물이 아니고 술이었다. 현금은 술을 먹은 것이다. 합환주가 되어 둘이서 그날 밤 깊은 인연을 맺었다. 이로 말미암아 탄생한 것이 진이었다. 진이는 절세의 미인이었으며 재예, 가창에 매우 뛰어났다. 사람들은 그녀를 선녀라 불렀다.[4]

진이는 언제 어디서 몇 살까지 살다 죽었는지 알 수 없다. 유언에 관한 이야기가 몇 문헌에서 전해 내려오고 있을 뿐이다.

진이가 장차 죽으려 할 때 가인에게 부탁하였다.

"나 때문에 천하의 남자가 자신들을 사랑하지 못했다. 내가 죽거든 관을 쓰지 말고 시체를 동문 밖 물가에 버려 달라. 개미와 벌레들의 밥이 되어 천하의 여인들로 하여금 경계를 하게 해 달라."

---

4 이덕형, 『송도기이』, 이민수 역, 『국역대동야승』 17권(민족문화추진회, 1975), 336~339쪽에서 재인용.

가인이 그 말대로 버려두었더니 한 남자가 거두어 장사를 지내주었다. 지금 장단 구정현 남쪽에 그녀의 무덤이 있다.[5]

진이는 생애가 짧았다. 인생이 한창 무르익은 마흔 전후에 죽었다. 그녀는 살아 있을 동안 남자에 대한 죄의식에서 살았음을 짐작할 수 있다. 자기를 사모하다 죽은 총각의 죽음에서 일찍이 인생의 허무를 깨달았다. 사랑도 결국 허무하기 짝이 없음을 온몸으로 체험한 것이다.

황진이의 시조 한 수를 소개한다.

> 산은 옛산이로되 물은 옛물이 아니로다
> 주야에 흐르거든 옛물이 있을소냐
> 인걸도 물과 같도다 가고 아니 오느매라

시조로 보는 우리 문화

황진이의 자취가 서려 있는 송도의 거리, 만월대, 박연폭포, 황진이의 무덤을 찾아볼 수가 없다. 감상에 젖을 수가 없어 유감스러울 뿐이다.

---

5   김택영, 『송도인물지』(현대실학사, 2000).

23. 유희춘의 「머리를 고쳐 끼워…」

유희춘(柳希春)　1513(중종 8) ~ 1577(선조 10)

조선 중기의 문신으로 양재역 벽서 사건에 연루되어 제주, 종성, 은진에 20년간 유배생활을 하며 독서와 저술에 몰두했다. 선조 즉위 후 사면, 성균관 직강 겸 지제교에 재등용되었다. 이조참판 이후 사직 낙향했다. 경사와 성리학에 조예가 깊어 『미암일기』외 많은 저서를 남겼으며 16세기 호남사림의 대표 인물로 불리우고 있다.

23. 호남 사림의 선비, 유희춘

하서가 성균관에서 과거공부를 할 때 전염병에 걸려 위독했다. 아무도 가까이 하지 않았으나 성균관 관원이었던 미암 선생이 극진히 보살펴 병이 나았다. 하서는 그 고마움을 잊지 않았다. 훗날 미암 선생이 유배를 당했을 때 의지할 곳 없는 아들 경림을 셋째 사위로 거두어주었다.

미암에게 두 수의 시조가 전하고 있다.

> 머리를 고쳐 끼워 옥잠은 갈아꽂아
> 연근 지나가되 님이 혼자 과하시니
> 진실로 과하시면 그에 더한 일이 있을까

선조 3년 그가 부제학 경연관으로 있을 때 임금이 경회루 주연석상에서 술을 하사했다. 이에 감격하여 지은 시조 「감상은가」이다.

술에 취해 흐트러진 머리를 가다듬고 옥잠을 다시 꽂는다고 했다. '연'은 임금이 타는 가마이다. 임금이 지나가시되 임금 혼자 지나가신다고 했다. 다른 사람에게는 지나치면서 자기에게만 술을 권한다는 것이다. 그보다 더한 영광이 어디 있겠느냐고 감격하고 있다.

> 미나리 한 포기를 캐어서 씻습니다
> 년데 아니야 우리 님께 받자오이다
> 맛이야 긴지 아니커니와 다시 씹어보소서

　이 시조는 선조 5년 전라도 관찰사로 있을 때 그해 봄 완산의 진안루에서 봉안사 박화숙과 함께 화답하며 지은 「헌근가」이다. 임금에게 미나리를 올린다는 말로 자신의 보잘것없는 충성을 바친다는 노래이다.

　미나리를 캐어서 씻습니다. 바치고자 하는 사람은 바로 우리 님 곧 선조 임금이십니다. 미나리 맛은 담백하지만 씹을수록 맛이 나니 씹어보라고 하고 있다. 신하가 바치는 충성에도 그러한 맛이 있을 것이라는 시조이다. 임금에게 충성을 다하고자 하는 마음을 표현했다.

　미암 유희춘의 부인에 대한 사랑은 각별했다.

　미암은 부인을 놀리려고 대구 한 수를 던졌다.

　"부인이 문밖에 나감에 코가 먼저 나가더라" 이는 부인의 콧대가 세다는 것을 말함이었다. 이에 질세라 덕봉이 화답하였다. "남편이 길을 다님에 갓끈이 땅을 쓸더라" 미암이 키가 작음을 말한 것이다. 기막힌 대구이다. 많은 날을 떨어져 살았지만 어찌 이런 부인을 사랑하지 않을 수 있으랴.

　을사사화 때 미암이 바른 말을 하다가 파직당하였는데 정미년에 죄가 더해졌다. 처음에 제주도로 귀양 갔으나 조금 뒤에 종성으로 옮겨졌다. 송씨가 만 리를 따라갔는데 마천령을 지나면서 절구 한 수를 읊었다.

> 걷고 걸어 마천령에 이르니

동해바다 끝없이 거울처럼 평평하네
만리길을 아녀자가 무슨 일로 왔는가
삼종의 도리는 무겁고 몸은 가볍기 때문이라오[1]

미암은 1547년 양재역 벽서 사건에 연루되어 제주도에 안치되었다.
이후 종성·은진으로 이배되어 19년간 유배생활을 했다. 종성 유배 중
에 모친상을 당했으나 가지 못했다.

유희춘이 무진년에 퇴계 이황을 뵈었다.

> "전에 종성에 귀양 갔을 때 모친상을 당하여 한 달이 넘은 뒤에 들었기
> 때문에 담제를 한 달을 물려서 행하였고 또 은진으로 귀양을 옮겼을 때
> 에 친산에 성묘를 가는데 고기를 먹지 않고 흰옷을 입고 산소에 가서는
> 머리를 풀어서 대강 분상하는 예식과 같이 하였는데 옳습니까?"
> "변절에 당하여서는 이렇게 하여야 할 것 같다."
> 이황이 대답했다.[2]

왕위에 오르기 전에 미암에게 배웠던 선조는 항상 "내가 공부를 하게
된 것은 희춘에게 힘입은 바가 크다."고 하였다고 한다. 만년에는 왕명
으로 경서의 구결언해에 참여해『대학』을 완성했고『논어』를 주해하다가
끝내지 못하고 죽었다.

『미암일기』,『속위변』,『주자어류전해』,『시서석의』,『헌근록』,『역대요
록』,『강목고이』등의 저서를 남겼다.

미암의 11년간의『미암일기』는 16세기 조선의 양반 모습을 알 수 있
는 사료 가치가 매우 큰 자료이다.

시조로 보는 우리 문화

1 하겸진 저, 기태완·진영미 역,『동시화』(아세아문화사, 1995), 266쪽.
2 이가원,『이조명인열전』(을유문화사, 1965), 337쪽.

미암일기

보물 제260호, 전남 담양군 소재

지금 남아 있는 일기는 선조 즉위년(1567) 10월부터 선조 10년(1577)까지 11년간에 걸쳐 있다. 유희춘의 『미암일기』는 이이의 『석담일기』, 권벌의 『충재일기』와 함께 사료적 가치가 매우 큰 자료이다.

출처 : 문화재청

다음은 미암과 아내 덕봉이 주고 받은 편지 내용 일부이다.

1570년 미암 선생은 홍문관 부제학에 제수되어 서울로 올라와 홀로 지내게 되었다. 선생은 덕봉에게 "3,4개월 동안 독숙하면서 여색을 가까이 하지 않았으니 고마운 줄 알라"고 자랑하는 내용의 편지를 보냈다. 덕봉은 답신에서 "그것은 자랑할 일이 못되며 또한 그렇게 하는 것은 60 가까운 나이에 이른 당신 건강에 오히려 좋은 일이다"며 선생이 없는 동안 집안의 대소사를 치뤄낸 공을 잊지 말라고 오히려 나무랐다. "과연 부인의 말과 뜻이 다 좋아 탄복을 금할 수 없다"며 자신의 어리석음을 인정했다.

성격이 소탈하고 경서에 밝았다. 미암의 투철한 소견과 해박한 지식

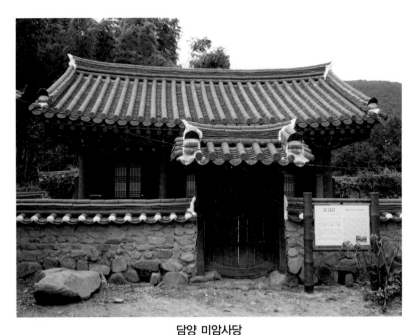

담양 미암사당

전라남도 민속문화재 제36호, 전남 담양군 대덕면 장동길 89-4(장산리)

은 남들이 도저히 생각하지 못하는 것들이었다고 한다. 좌찬성에 추증, 담양의 의암서원, 무장의 충현사, 종성의 종산서원 등에 제향되었다.

　이항, 김인후 등과 더불어 호남 지방의 학풍을 진작시키는 데 큰 역할을 하였다. 시조 2수가 전해지고 있다.

24. 노수신의 「명명덕 실은 수레…」

노수신(盧守愼)　　1515(중종 10) ~ 1590(선조 23)

　　조선 중기의 문신·학자로 을사사화 때 이조좌랑에서 파직, 순천으로
유배되었다. 이후 양재역 벽서 사건에 연루, 가중처벌로 진도로 이배되
었다. 거기서 19년간 귀양살이했으며 다시 괴산으로 이배되었다. 선조
즉위 후 우의정, 좌의정을 거쳐 영의정이 되었다. 정여립을 천거했다 하
여 대간의 탄핵을 받고 파직되었다.

24. 독서광 선비, 노수신

명명덕(明明德) 실은 수레 어디메를 가더인고
격물(格物)치 넘어들어 지지(知至) 고개 지나더라
가기야 가더라마는 성의관(誠意館)을 못 갈레라

위 시조는『대학』의 구절을 인용, 마음의 수련 과정을 학문의 길에 비
유하였다. 밝은 덕을 밝히는 것, '명명덕(明明德)'은 백성을 새롭게 하는
것, '친민(親民)', 지극히 착한 데 머무는 것, '지어지선(止於至善)'과 함께
『대학』의 3대 기본 강령의 하나이다.

『대학』의 첫 구절 '명명덕'을 작품의 화두로 삼았다. 그것을 실은 수레
가 어디로 가더냐고 물었다. '격물·치지·성의·정심·수신·제가·
치국·평천하'는 대학의 8종목이다. 격물로 '밝은 덕'을 밝혀가는 과정
이라고 말하고 있다. 사물의 이치를 밝히는 격물의 단계를 넘어 진정한
앎의 단계, 지지 고개를 지나야 한다. 그러나 진정한 앎의 길, 성의관에
도착한다는 것은 쉬운 일이 아니라고 말하고 있다.

'명명덕'은 수레에, 격물, 지지는 고개에, 성의관은 여관에 비유했다. 마음의 수련 과정을 사람이 수레를 끌고 재와 고개를 넘어 여관에 도달하는 것으로 보았다. 추상적인 내용을 구체적인 사물로 비유한 철학적인 시조이다.

노수신은 논어와 두시를 2000번이나 읽었다. 많은 독서 경전 때문에 이런 시조가 자연스럽게 나올 수 있었을 것이다.

그는 독서광이었고 독서법은 다독이었다.

박광전이라는 사람이 소재를 찾아왔다.
소재가 말했다.
"산사에 있을 때 무슨 책을 읽으셨소?"
"한유의 문장입니다."
"몇 번이나 읽었소?"
"마음을 고요하게 하고 완미하였으므로 읽는 것이 더뎠습니다."
"그렇다면 문장 하나하나를 모두 마음속에 고착시켜 공연히 숫자만 센 적은 없었소?"
"독서할 때 한 해에 열 번 생각하여 방심함을 거두어 들이려고 하였으나 헛되이 숫자만 센 것이 절반이 넘습니다."
"그렇소. 이는 사람마다 다 가지고 있는 병통이라오. 독서를 함에 방심하였다 할지라도 읽는 것이 천만 번에 이르면 읽은 바가 비록 정밀하지 못하더라도 마침내 나의 것이 되는 것이요, 마음을 정치하여 읽는다 하더라도 읽은 바가 단지 50번에 그친다면 결국 나의 것이 되지 못할 것이니 독서의 방법에 있어서 최고로 좋은 것은 많이 읽는 것이오."[1]

소재는 시를 평가할 때 시인의 신분을 보고 평가하지 않았다. 이런 평가 방식은 지금은 당연한 것이지만 당시에는 누가 지었느냐 하는 것을

---

1 유몽인, 『어우야담』(한국문화사, 1996), 333~334쪽.

보고 평가했다. 벼슬하지 못한 선비는 아무리 시를 잘 지어도 별 것이 아니라고 치부해 버렸다. 그런데 소재는 그렇지가 않았다.

> 하루는 선생이 공부 중에 있는 이름 없는 선비와 정자에 앉아 있었다. 마침 석양이 아름다웠다. 선생은 시상이 떠오르지 않아 애를 쓰고 있는데 이름 없는 선비가 먼저 시를 지어 올렸다. 선생은 그 시를 칭찬했다. 마침 김귀영이라는 이가 옆에 있다가 "저는 일찍이 이름 없는 선비의 글이 잘 되었다는 말을 듣지 못했는데 선생은 어찌 그리 칭찬을 하십니까." 했다. 선생이 말하기를 "어찌 명성과 지위를 가지고 시를 말할 수 있겠는가? 옛날 중국의 시인 맹호연은 학생으로서 시를 잘 지었었다." 이 말을 들은 김귀영은 시무룩하여 얼굴이 붉어졌다고 한다.
>
> 까닭은 선생이 일부러 자기의 당연한 정상적 평가 방식을 무시하는 것 같은 느낌을 받았기 때문이었다. 이어서 선생이 탄식하기를 "속인은 눈도 제대로 뜨지 못하고 귀도 제대로 뚫리지 못했으면서 시대의 선후와 사람의 귀천을 가지고 우열을 논하고 있으니 이 세상에는 비록 이백이나 두보가 다시 태어난다고 해도 지위가 낮다면 대수롭지 않게 보아 넘길 것이니, 아 세상 인심이 참으로 말이 아니로다"라고 했다. 이는 당시에 일반적으로 시를 평가하는 기준을 흔드는 새로운 생각이었다. 이만큼 선생은 시에 있어서 선각자이었다. [2]

노수신은 호는 소재·이재·암실·여봉노인이며 시호는 문의·문간이다. 성리학자 이연경의 문인이자 사위이다. 1541년 이언적과 학문적 토론을 벌였으며 1543년 식년문과에 장원했다.

27세에 회재 이언적을 뵙고 존심(存心)하는 요법을 물었다.

> 회재가 손바닥을 가리키며 말했다.

시조로 보는 우리 문화

2 이종건, 『한시가 있어 이야기가 있고』(새문사, 2003), 199~200쪽.

옥연사

경상북도 문화재자료 제179호, 경북 상주시 화서면 사산리 286외 3필

노수신(1515~1590) 선생의 덕을 추모하기 위해 세운 건물이다. 옥연사 경내에는 산 기슭 아래쪽에 강당이 있고, 뒤편 높은 곳에 오현영각과 불위천 사당이 자리잡고 있다. 노수신 선생을 모신 불위천사당은 영주군수였던 그의 아들인 노대해가 세웠다고 하나 정확한 연대는 알 수 없다.

출처 : 문화재청

"여기 물건이 있는데 쥐면 깨지고 쥐지 않으면 도망간다"

수신이 기뻐하며 말했다.

"이것은 망(忘)과 조(助)의 다른 명칭이다."[3]

1544년 시강원 사서가 되고 같은 해 사가독서 하였다. 인종 즉위 초에 정언이 되어 대윤 편에 서서 이기를 논핵, 파직시켰다.

---

3 이가원, 『이조명인열전』(을유문화사, 1965), 343쪽.

1545년 명종이 즉위하고 소윤 윤원형이 을사사화를 일으키자 이조좌랑에서 파면되었다. 1547년에 순천으로 유배되었고, 양재역 벽서 사건에 연루, 가중처벌로 진도로 이배되었다. 거기서 19년간 귀양살이했다.

우리나라 중고시의 경우 호서지를 일컫는데 정호음, 노소재, 황지천을 말한다. 세 사람 가운데 소재는 전심전력으로 두시를 배워 최고가 되었다. 농암이 "이 노인은 십구 년 동안 바다 한가운데 있었는데 독학으로 두시를 얻은 것이 훌륭하다"고 했다. 해중은 진도이다. 다음은 소재가 진도로 귀양 갔을 때 지은 시, 「세모희제」이다.

시조로 보는 우리 문화

> 천지의 동쪽 나라 남쪽에
> 옥주성 아래 두어 칸 암자 있네
> 용서 받지 못할 죄와 고치기 어려운 병 있어
> 불충한 신하와 불효자식 되었네
> 객지의 삼천사백 일은 다행이나
> 을해에서 병진년까지 삶 부끄럽네
> 자네 노수신, 죽지 않는다면
> 임금 은혜 갚는 일 어찌 감당할꼬

라고 하였다. 나는 이 시 역시 두시를 배워서 얻은 것인가 의심하였는데 두시에 어찌 이런 구법이 있었겠는가?

> 굽은 난간에 맑은 바람 지나가고
> 먼 허공에 흰달이 걸려있네

> 구름낀 모래벌 아득한데 물을 이 없어
> 나루 누각 에워돌며 서성이네

괴산의 수월정

충청북도 기념물 제74호, 충북 괴산군 칠성면 사은리
(본래는 연화동에 있었으나 1957년 괴산 수력발전소로
수몰되지 않도록 지금의 자리로 옮겨 세웠다)

이것이 두시와 비슷할 뿐이다.[4]

그가 진도로 귀양 갔을 때 그 섬 풍속이 본래 혼례라는 것이 없고 남의 집 처녀가 있으면 중매를 통하지 않고 칼을 빼들고 서로 쟁탈전을 벌였다. 이에 예법으로 섬 백성들을 교화시켜서 이 풍속이 없어졌다. 또한 아버지 상을 당했을 때 대상 후에 바로 흑색의 갓을 쓰는 것이 송구스러워 백포립을 쓰고 다니기를 국상 때와 같이 하였다. 그 뒤 직제학 정철

4 하겸지 저, 기태완 · 진영미 역, 『동시화』(아세아문화사, 1995), 203~204쪽.

노수신 적소비
노수신 적소 내

이 이를 본받아 실행했고 뒤에 교리 신점이 주청하여 담제(禪祭) 전에는 백포립을 쓰도록 제도화시켰다.[5]

1565년 진도에서 괴산으로 옮겨와 2년간 유배생활을 했다. 지금의 충북기념물 제74호인 '수월정'이다. 1567년 선조가 즉위하자 교리에 기용되어 대사간 · 부제학 · 대사헌 · 이조판서 · 대제학을 거쳐 우의정, 좌의정, 영의정에 올랐다. 1588년 중추부영사가 되었으나, 기축옥사 때 과거 정여립을 천거했다는 이유로 대간의 탄핵을 받아 파직되었고 그 이듬해에 졸했다.

---

5   이응백 외 감수, 『국어국문학 자료사전』(한국사전연구사, 2002), 688쪽.

문장과 서예에 능했으며, 양명학을 연구하여 주자학파의 공격을 받았
다. 휴정·선수 등과도 교제하여 불교의 영향을 받기도 하였다. 그는 온
유하고 원만한 성격의 소유자로 선조의 지극한 은총을 받았다. 충주의
팔봉서원, 상주의 도남서원·봉산서원, 괴산의 화암서원, 진도의 봉암
사 등에 배향되었다. 문집에 『소재집』이 있다.

25. 양사언의 「태산이 높다하되 …」

시조로 보는 우리 문화

양사언(楊士彦) 　1517년(중종 12) ~ 1584년(선조 17)

조선 전기의 문인 · 서예가이다. 자연을 즐겨 회양군수 시절 금강산 만폭동 바위에 새긴 '봉래풍악원화동천(蓬萊楓嶽元化洞天)' 8자가 지금도 남아 있다. 한시는 작위성이 없고 자연스러워 천의무봉이라는 평판을 받았으며 글씨는 초서와 큰 글자를 잘 썼다. 안평대군, 김구, 한호 등과 더불어 조선 전기 4대 서예가로 불렀다. 남사고에게서 역술을 배워 임진왜란을 정확히 예언하기도 했다.

25. 조선의 명필, 양사언

양사언의 출생담이 『금계필담』에 전해 오고 있다.

양사언 아버지가 영광군수로 부임하는 길이었다. 텅 빈 객사에서 12살 가량의 딸아이만이 홀로 집을 지키고 있었다.

"여기서 점심을 먹으려 하니 너는 빨리 가서 네 부모를 데려오너라"

"제 부모님은 모를 심고 계시니 불러올 수 없습니다. 제가 점심을 준비할 것이오니 사람은 몇 명쯤이며 말은 몇 필이나 되옵니까?"

"네가 능히 점심을 준비할 수 있겠는가?"

"할 수 있사옵니다."

사람과 말의 숫자를 말해준 대로 딸아이는 일사천리로 순식간에 밥상을 차려냈다.

공이 사람과 말의 식비를 후한 가격으로 쳐주었으나 딸은 원 가격 외에는 조금도 받지 않았다.

양공은 감탄했다.

"이 부채는 내가 너를 예로서 맞겠다는 패물이다."

딸아이는 상자에 붉은 보자기를 펴들고 나와 두 손으로 부채를 받았다.

"부채 하나 주는데 어찌하여 이같이 공경을 다하느냐?."

"결혼하는 패물이라면 물건이 비록 작다 해도 어찌 공경하지 않으리이까?"

얼마 지나지 않아 공의 아내가 상처했다. 임기를 마치고 공은 고향에서 홀아비로 살아가고 있었는데 하루는 누가 뵙기를 청했다.

"공께서는 영광군수로 부임하시는 길에 어린 딸에게 부채를 주신 적이 계십니까?"

"그런 일이 있었다."

"그 아이가 제 딸입니다. 지금은 이미 시집갈 때가 지났으나 다른 곳에는 맹세코 시집을 가지 않았습니다. 공께 패물을 받았다고 하기에 이제와 말씀을 드립니다."

공은 크게 기뻐하여 아내로 맞이했다. 몇 년 후 아들을 낳았는데 그가 바로 양사언이었다.

양사언은 조선 중기 문신이며 서예가이다. 호는 봉래·완구·창해·해객이다. 1546년, 명종 1년에 식년문과 병과로 급제, 대동승을 거쳐 평창군수·강릉부사를 거쳐 회양군수를 지냈다. 모두 여덟 고을을 다스렸는데 간 곳마다 선정을 해서 칭송이 자자했다.

회양군수 때 금강산 만폭동 바위에 '봉래풍악원화동천(蓬萊楓嶽元化洞天)', '금강산은 조화로 이뤄진 별세계' 8자를 새겼다. 평자는 '최치원의 쌍계석문(雙溪石門) 글씨가 이에 못 미친다'고 말하였다. 허균은 "싸우는 용의 발톱 서로 얽혀 아슬아슬/뛰는 사자 돌 짜개듯 만고의 전각일래/공손대량 혼탈무를 기다리지 않고서도/싱그러운 필력 하마 장전을 눌렀구려"라고 찬탄했다. 지금도 그 글씨가 남아 있다.

문장에 능하고 글씨를 잘 썼으며 특히 초서와 큰 글씨를 잘 썼다. 안평대군, 김구, 한호 등과 함께 조선 전기의 4대 서예가이다. 한시는 작위성이 없고 자연스러워 천의무봉이라는 평판을 받았다. 그는 남사고에게 역술을 배워 1583년 여진란, 1592년 임진왜란, 1607년 누루하치난

시조로 보는 우리 문화

양사언 영정
포천군 길명사 내

을 정확히 예언하기도 했다.

여인의 아름다움을 읊은 「미인별곡」, 을묘왜란 시 남정군 종군을 읊은 「남정가」 등이 있다. 유묵으로 그가 지은 「미인별곡」과 허강의 「서호별곡」이 연세대학교 도서관에 소장되어 있다. 작품집에 『봉래시집』이 있으며 포천 길명사에 그 위패가 모셔져 있다. 봉래 양사언은 40년간 관직에 있으면서 전혀 부정이 없었고 유족에게는 한 푼도 재산을 남기지 않았다고 한다.

1564년 양사언은 금강산을 찾았다. 그는 구선봉 아래 집 한 채를, 그 뒤편에는 '비래정' 정자를 세웠다. '하늘에서 날아온 정자'라는 뜻이다.

화창한 어느날 양사언은 정자에 '飛來亭' 편액을 썼는데 '비' 자는 마음에 들었지만 '래' 자와 '정' 자는 마음에 들지 않았다. 몇 번을 고쳐 썼으나 마음대로 되지 않아 '날 비' 자만 족자로 만들어 서재에 걸어놓았다.

세월이 흘러 안변군수로 임명을 받았으나 재임 중 지릉의 화재 사건으로 황해도로 귀양을 갔다. 그가 2년 뒤 귀양에서 풀려나 돌아오는 길이었다.

그가 신선처럼 살고 싶어 지어놓았던 비래정에 갑자기 거센 바람이 불어 닥쳤다. 한바탕 바람은 방 안에 있었던 책이며 병풍, 족자들을 사정없이 공중으로 날려버렸다.

다른 것은 잃은 것이 없었으나 '날 비' 자를 쓴 족자만 보이지 않았다. 바닷가까지 뛰어가며 샅샅이 찾았으나 양사언이 애지중지하던 '날 비' 자의 족자는 찾을 수가 없었다.

양사언 벗이 족자가 없어진 날짜와 시간을 따져보니 그가 귀양살이하다 돌아오던 길에 세상을 떠난 때와 정확히 일치하였다. 이에 그 벗은 사언의 죽음을 더욱 애석하게 생각하였다.

비래정에 「비자기(飛字記)」를 기록한 유근(柳根, 1549~1627)은 양사언에 대해 다음과 같이 서술하고 있다.

봉래 선생은 비록 속세에 살았지만 인간세상 밖으로 벗어나 수려하기는 왕희지의 풍류와 하계진의 필법과 같았다. 사장(詞章: 시가와 문장)이 세상의 추앙을 받았지만 마침내 귀양지에서 돌아가시니 안타깝도다. 선생의 비범한 능력을 다시는 보지 못하겠구나!

그런 일이 있기 전 한 진사가 비래정을 찾았다. 그는 '날 비' 자가 마음에 들어 모사해 두었는데 임진왜란의 난리통에도 그 글자만은 잘 보관해 두었다. 양사언의 맏아들 양만고가 그를 찾아가 모사한 '날 비' 자를

212

시조로 보는 우리 문화

전해 오는 양사언 글씨 '비'자
포천군 길명사 내

보면서 파란만장했던 부친의 삶을 되새겨보았다.[1]

양봉래가 강릉에 있을 때 손곡이 객으로 그곳을 지나가게 되었다. 초당 허공이 봉래에게 글을 주면서 소홀히 대접하지 말라고 경계하였다. 봉래가 대답하기를 "만약 소홀히 대접한다면 진왕이 응탕과 유정을 잃던 때와 무엇이 다르겠습니까?"라고 하였다. 손곡이 이르렀는데 봉래가 사람됨이 검속하지 못함을 보고서 처음에는 대접을 소홀히 하였다. 그러자 손곡이 떠나면서 시로써 말했다.

---

1 유근의 「비자기(飛字記)」에서 일부 각색 요약. 이수광 저, 정해렴 역주, 『지봉유설』(현실총서, 2000), 330쪽 참조.

나그네 떠나고 머무는 데는
주인의 눈썹 사이에 있네
오늘 아침 반기는 빛 없으니
우리 집 청산이 생각나네.
노나라에선 원거를 잔치해 주고
남정에는 의이로 돌아갔다네.
가을 바람 불 때 소계자는
또 목롱관을 나서네

봉래가 시를 보고 크게 칭찬하며 그를 매우 후하게 대접하였다.[2]

양사언은 스스로 '봉래산인(蓬萊山人)'이라 했고 이달을 가리켜 이적선(李謫仙)이라 불렀다. 또 양사언은 "지금은 세상에서 알아주는 이 적은데 누가 종자기(鍾子期)를 보내 백아(伯牙)의 짝이 되게 하였나!"라고 하면서 이달과의 교분을 백아와 종자기의 관계에 비유하기도 하였다. 이달은 양사언의 부음을 듣고 다음과 같은 시를 남겼다.

인간 세상에 내려온 신선인 줄 본래 알았으니
슬퍼하며 부질없이 수건을 적실 필요가 없네.
그대 동녘 바다의 봉래로 돌아가는 길에는
벽도화 수천 그루가 활짝 핀 봄이리라.

—『손곡시집』,「곡양봉래」

조선의 명필 양사언. 많은 시인 묵객들이 금강산을 자주 들렀으나 그만큼 금강산을 사랑한 이도 드물다. 양사언 출생 설화도 신비스럽고 죽음의 이야기도 신비스럽다. 그는 일생 산수를 즐기며 세상을 초연하게

2 하겸진 저, 기태완 · 진영미 역, 『동시화』(아세아문화사, 1995), 170쪽.

양사언의 초서

보물 제1624호, 서강대학교 소재

당나라 저광의(儲光羲)의 오언시 「낙양도(洛陽道)」 5수 가운데 제1수를 쓴 것이다.

살았다. 참으로 멋스럽게 산 신선 같은 시인, 묵객이었으며 또한 도인이기도 했다. 그런 그가 노력의 대명사인 '태산이 …' 시조 한 수를 남겼다. 도인된 그도 세상을 살면서 노력이 얼마나 중요한 것인가를 이 시조 한 수로 요약해 놓았다.

> 태산이 높다 하되 하늘 아래 뫼이로다
> 오르고 또 오르면 못 오를 리 없건마는
> 사람이 제 아니 오르고 뫼를 높다 하더라

태산이 높다고는 하지만 결국 하늘 아래 산이로다. 오르고 또 오르면 못 오를 리가 없는데 사람들은 오르지도 않고 산을 높다고 하더라. '동창이 밝았느냐'와 함께 너무나 잘 알려진 만인의 사랑을 받고 있는 겨레 시조이다. 노력만 하면 안 되는 일이 없다는 아주 평범한 진리인 봉래의 어록, 시조 한 수를 남겨놓았다.

길명사

포천시 향토유적 제45호, 강원도 포천군 일동면 길명리 산 175-1

시조로 보는 우리 문화

26. 노진의 「만수산 만수봉에 …」

노진(盧禛)   1518(중종 13) ~ 1578(선조 11)

조선 중기의 문신으로 지례현감 시절 선정을 베풀어 청백리로 뽑혔다. 예조판서에 올랐으나 신병을 이유로 관직에 나아가지 않았으며 홀어머니에 대한 극진한 봉양으로 정려가 세워졌다. 훗날 춘향의 근원 설화가 된 '노진 설화'가 『옥계집』과 『계서야담』에 전해 오고 있으며 선조 임금과 노진 신하 간의 돈독한 사랑, 「권주가」와 「어제가」가 남아 전하고 있다.

26. 효자 선비, 노진

만수산(萬壽山) 만수봉(萬壽峯)에 만수정(萬壽井)이 있더이다
그 물로 술 빚으니 만수주(萬壽酒)라 하더이다
이 한 잔 잡으시면 만수무강(萬壽無疆) 하리이다

장수를 기원한 「권주가」이다. 만수라는 말을 반복적으로 사용, 장수를
강조하고 있다. 만수산, 만수봉에 만수정 우물이 있다는 것이다. 만수정
우물물로 술을 빚었으니 만수주라 했으며 이 만수주를 드시면 만수무강
한다고 했다.

진풍연(나라에 경사가 있을 때 대궐 안에서 벌어진 큰 잔치)을 베풀었
을 때 노진은 선조 임금께 「만수산가」를 지어올렸다. 노진이 이 시조를
읊으며 잔을 올리니 임금은 크게 기뻐하였고 여러 신하들도 따라서 불
렀다.

공이 임금께 소를 올리고 고향으로 내려갈 때에 선조 임금은 노진에
게 다음과 같은 「어제가」를 읊었다고 한다.

시조로 보는 우리 문화

연지공원 내 노진의 「만수산가」
경상남도 함양군 지곡면 개평리

오면 가려 하고 가면 아니 오네.
오노라 가노라니 볼 날이 전혀 없네.
오늘도 가노라 하니 그를 슬퍼하노라

　노진은 자주 벼슬을 사양하고 물러간 사람이다. 임금 곁을 지키다 물러가니 많이도 섭섭했을 것이다. 막 한강을 건너려던 노진에게 은쟁반에 이 시조를 지어 글씨로 써서 전하라 하였다. 왕은 어진 선비들을 많이 등용하려고 노력했으나 분쟁의 소용돌이로 벼슬을 버리고 물러만 가니 매우 안타까웠을 것이다.

　그가 태어난 함양의 연지공원에는 두 개의 시비가 있다. 하나는 선조의 「어제가」이고 하나는 선조가 사랑한 신하 노진의 「만수산가」이다.

연지공원 내 선조의 「어제가」

일중(日中) 금(金)까마귀 가지 말고 내 말 들어
너는 반포조라 조중(鳥中)의 증삼(曾參)이니
오늘은 나를 위하여 장재중천(長在中天) 하였고자

　어머니의 수연을 맞아 모친의 장수를 기원한 「모부인수연가(母夫人壽
宴歌)」이다.

　금까마귀는 해 속에 산다는 삼족오를 말하며 해를 지칭하고 있다.

　하늘 가운데 솟은 해를 보고, 가지 말고 내 말을 들으라고 명령하고
있다. 반포지효의 새, 까마귀는 효도가 지극한 증자와 같다는 것이다.
오늘은 내 어머니의 수연날이니 하늘 가운데에 해를 보며 어머니의 늙
어감을 멈춰 달라는 것이다. 반포조 까마귀로 자신의 효심을 곡진하게
드러내고 있다.

효성과 우애에 있어서는 천성적으로 타고났으므로 어렸을 적에 이미 예제를 알았는데, 신고공이 졸하였을 때에 공의 나이가 어렸는데도 곡을 하고 슬퍼함을 성인과 같이 하면서 장산의 여막으로 백씨를 따라서 갈 때에 대부인이 눈물을 흘리며 말하기를, "너는 나이가 어려 혈기가 정해지지 않았으니, 마땅히 고기를 먹어 섭생을 해야 한다." 하니, 공이 말하기를, "제 나이 지금 6세에 상을 마치게 되면 8세입니다. 8세인 사람이 아버지의 상을 지키지 않는다면 되겠습니까?" 하자, 대부인이 그 말에 감동하여 뜻을 굽히지 못하였으므로, 드디어 예제를 지켜 3년을 마치게 되었다. 항상 아버지를 일찍 여의었음을 지극한 슬픔으로 여겼으며, 대부인 역시 유달리 애정을 쏟아 잠시 외출을 하였을 때에도 곧 문에 의지하여 기다렸다. 그러므로 어려서의 유학을 감히 좀 먼 곳으로 나아가지 못하였고, 성장해서 벼슬길에 나섬에 있어 아침저녁으로 문안드리는 일을 때를 넘기는 일이 없었으며 늙도록 하루같이 즐겁고 기쁜 빛이었다.[1]

그의 효심은 이러했다. 그는 성품이 온화, 장중하고 청렴했다. 직무에 신중하고 지조가 확고하였으며 이익을 탐하거나 치적을 내세우지 않았다. 권신을 가까이 하지 않았고 출세에도 연연하지 않았다. 그는 항상 벼슬에서 물러갈 준비를 했다.

노진은 함양 출신으로 호는 옥계이며 처가가 있는 남원에서 살았다. 1537년 생원시와 1546년 증광문과에 을과로 급제했다. 그 후 박사·전적·예조의 낭관을 거쳐 지례현감이 되었다. 그곳에서 선정을 베풀어 청백리로 뽑혔다.

1567년 이조참의가 되었고 선조 즉위년에 충청감사, 전주부윤을 거쳐 이후 곤양군수, 대사간이 되었다. 1575년에 예조판서에 올랐으나 이후 신병을 이유로 관직에 나아가지 않았다. 효심이 남달라 노모를 봉양

---

1 『국조인물고』 권15 경재.

남원 창주서원
전라북도 문화재자료 제51호, 전북 남원시 도통동 315번지

출처 : 문화재청

하느라 지병이 악화, 1578년 향년 61세의 일기로 생을 마쳤다

평소에 기대승, 노수신, 김인후 등의 학자들과 도의로 교유하였다. 효로써 정려가 세워졌으며, 남원의 창주서원, 함양의 당주서원 등에 제향되었다. 저서로『옥계문집』이 있다. 시호는 문효이다.

남원에서의 '노진 설화'가 그의 시문집인『옥계집』과『계서야담』에 전해 오고 있다. 노진은 44세에 남원부사에 제수되었으나 처가가 고향이라는 이유로 사직하고 담양부사가 된 일이 있었다. 어떻게 해서 노진 설화가 생겼는지는 알 수 없으나 이 설화는 훗날「춘향전」근원 설화의 하나가 되었다.

옥계 노진은 남원에서 살았다. 그는 집이 가난하여 장가갈 곳이 없었다.

당숙이 무관으로 성천 수령으로 있을 때였다. 모친이 혼수를 마련할 돈을 선천에 가서 좀 얻어오라고 했다. 옥계는 선천에 도착했으나 문지기의 저지로 들어갈 수 없었다. 그는 노상에서 방황하다 한 기생을 만났다.

"상공께서는 어디에서 오시는 길입니까?"

옥계는 사실대로 말했다.

"내 집이 멀지 않으니 공은 내 집에 와 쉬십시오."

노진이 당숙을 뵈었다. 그리고 이곳에 온 연유를 말했다.

"부임한 지도 얼마 아니 되는데, 관채가 산처럼 쌓여 있으니 민망하다."

노진은 고별을 하고 기생집을 찾았다. 기생이 반갑게 맞았다. 노진은 그날 밤 기생과 함께 동침했다.

"수령이 공의 혼수를 도와주지 아니할 것입니다. 공의 기골은 현달할 상입니다. 어찌 걸인의 행색으로 돌아가셔야 되겠습니까? 저에게 은전 500냥이 있으니 그것을 가지고 돌아가심이 옳을 듯합니다."

기생의 말에 옥계는 불가하다고 말했다.

"한 번 다녀갔는데 당숙께서 꾸짖지 않겠는가?"

"당숙을 어찌 의지하겠습니까? 오래 머물면 폐만 끼치게 되고 돌아갈 때 고작 수십금만 줄 터인데 그것으로 어찌 쓰시렵니까? 바로 이곳을 떠나십시오."

옥계가 수십 일을 머무는 동안 낮에는 관에 들어가 당숙을 뵙고 밤에는 기생집에서 잠을 잤다.

어느 날 새벽 기생은 행장에 은전을 넣어주며 외양간에서 말 한 필을 내주며 말했다.

"공은 10년 내 크게 귀인이 될 터이니, 그때까지 저는 몸을 깨끗이 하고 기다리겠습니다. 만나는 곳은 노상에서 뵈올 것이니 부디 몸을 보중하십시오."

기생은 눈물을 흘리며 문밖에까지 나와 송별했다.

옥계는 부득이 당숙을 뵙지 못하고 집으로 돌아왔다. 노진은 기생이 준 은전으로 장가를 들었다. 이어 공부를 해 4, 5년 뒤 과거에 합격, 임금의 은총을 받았다. 얼마 후 관서 관찰사로 발령을 받아 곧바로 선천 기생을 찾았다.

기생은 보이지 않고 어머니 혼자 집을 지키고 있었다.

"내 딸은 그대를 보낸 날로 이 어미를 버리고 도망쳐서 어느 곳에 있는지 알지 못한 것이 몇 년이 지났습니다. 이 늙은 몸이 밤낮으로 눈물이 마를 때가 없소"

옥계가 망연자실했다.

"내가 이곳에 온 것은 오로지 은인을 만나기 위함인데 그림자마저 없으니 쓸개가 떨어지는 것 같다. 내 기필코 그 자취를 찾아내리라."

"딸이 한 번 떠난 뒤 그 안부를 아직 듣지 못했는가."

"얼마 전에 성천 경내 산사에 있다는 말을 들었으나, 그 얼굴을 보지 못했으니 풍문으로 전해진 말을 어찌 믿을 수 있겠는가. 이 늙은 몸이 쇠약해서 기운도 없고 또 남자가 없어 찾아가지도 못한 형편이니"

옥계가 이 말을 듣고 곧바로 성천 경내의 한 사찰을 갔으나 찾을 길이 없었다. 다시 사찰을 찾았는데 사찰 뒤에 높은 절벽이 있고 그 위에 조그만 암자가 있었다. 험준해서 발 붙일 곳이 없었다. 옥계가 간신히 절벽을 타고 올라가서 승도에게 물었다. 약 4, 5년 전에 20세쯤 되어 보이는 한 여인이 약간의 은전을 불전에 헌납하고 불좌의 탁상 아래 업드려 얼굴과 머리를 가리고 아침저녁 밥상을 혈창으로 들여보내고 대소변 때만 잠시 나왔다가 들어가는데 이렇게 1년이 되었으며 소승 모두는 생불보살로 생각하고 감히 가까이 하지 못하였다고 했다.

옥계가 바로 그 기생임을 알고 수좌스님을 시켜 말을 전하게 했다.

"남원에 노도령이 지금 낭자를 찾아왔으니 문을 열고 맞이해 보지 않겠느냐?"

"노도령이 왔으면 등과했는가 하지 않았는가?"

"등과해서 이곳에 왔다."

"해가 쌓이도록 이곳에서 자취를 감추고 괴로움을 견딘 것은 모두 낭군을 위해서이니 어찌 기쁘게 맞이하지 않겠습니까마는 몇 년 동안에 얼굴이 귀형이 되어 낭군을 보기 어려우니 저에게 10여 일의 여유를 주시면 첩이 다시 세수하고 화장을 해서 본얼굴로 돌아간 뒤에 뵙는 것이 좋을 듯하옵니다."

옥계가 그 말을 따라 10여 일을 머물렀다. 여인이 화장을 하고 곱게 꾸며 나와 뵈니, 서로 손잡고 희비가 함께 어우러졌다. 스님 또한 그 내력을 알고 난 다음 감탄해 마지 않았다.

어사가 가마와 말을 선천에 보냈다. 그리고 어미와 만나보게 하고 어미 말씀을 들은 뒤에 다시 사람과 말을 보내 데려왔다. 옥계는 여인과 종신토록 사랑하면서 함께 살았다.[2]

임금과 신하 간의 따뜻한 사랑은 「권주가」와 「어제가」로 남아 전하고 있다. 그는 효자로 청백리로 일생을 살았다. 현시대에 곱씹어 보아야 할 아름다운 한 편의 이야기이다.

---

2 이능화, 『조선해어화사』(동문선, 1992), 179~182쪽.

27. 김성원의 「열구름이 심히 궂어…」

김성원(金成遠)　1525(중종 20) ~ 1597(선조 30)

　　조선 중기의 문인으로 임진왜란 때 동복현감으로 군량과 의병을 모으는 데 큰 공을 세웠다. 조카 김덕령이 무고로 옥사하자 세상과 인연을 끊고 은둔했다. 임억령, 고경명, 정철과 함께 '식영정 사선'이라 불렸다. 정유재란 때 어머니를 업고 피난하던 중 성모산에서 왜병을 만나 어머니를 보호하다 죽었다.

27. 식영정 사선, 김성원

송강은 어머니와 함께 둘째형의 집으로 가던 도중이었다. 둘째형은 순천에 은거하고 있었다. 날씨가 더워 환벽당 아래 계곡에서 목욕을 하고 있었다. 마침 김윤제는 환벽당에서 낮잠을 자고 있었는데 용 한 마리가 나무 위로 올라가는 꿈을 꾸었다. 이상하게 생각해 사람을 시켜 냇가에 가보라고 했다. 한 소년이 목욕을 하고 있었다. 송강이었다. 김윤제는 송강이 총명하게 생겼음을 알고 자기 문하에 두고 글을 가르쳤다. 서하당 김성원도 김윤제 문하에서 공부하고 있었다. 이렇게 해서 둘은 동문수학하는 사이가 되었다.

김성원은 김윤제의 조카뻘이며 정철에게는 11세 연상의 처외당숙이다.

김성원은 광주 서석산 밑에 식영정과 서하당을 지었다. 식영정은 그의 스승이자 장인인 석천 임억령을 위해 지은 정자이다. 식영정(息影亭)은 '그림자가 쉬고 있는 정자'라는 뜻으로 임억령이 지은 이름이다. 많은 인사들이 이곳에서 강론과 토론을 했다. 김성원은 식영정 옆에 자신

식영정

명승 제57호, 전남 담양군 남면 가사문학로 859(지곡리)

의 호를 따서 서하당이라는 정자를 세웠다. 이 정자는 없어졌다가 최근에 복원했다.

정철은 25세 이후 당쟁으로 정계에서 물러나 성산으로 내려왔다. 이때 김성원을 위해 「성산별곡」을 지었다. 당시 사람들은 임억령, 김성원, 고경명, 정철 네 사람을 가리켜 '식영정 사선(四仙)'이라 불렀다. 이들이 성산의 경치 좋은 20곳을 택해 20수씩 모두 80수의 「식영정이십영(息影亭二十詠)」을 지었다. 이것이 정철의 「성산별곡」의 밑바탕이 되었다.

> 어떤 지날 손이 성산에 머물면서
> 서하당 주인아 내 말 들소
> 인생 세간에 좋은 일 많건마는
> 어찌 한세상을 갈수록 낮게 여겨
> 적막산중에 들고 아니 나시는가
>
> ―「성산별곡」 일부

식영정 옆 정철의 「성산별곡」 시비

성산은 전라남도 담양군 창평면 지곡리에 있는 지명 이름이다. 「성산
별곡」은 김성원이 세운 서하당 · 식영정을 중심으로 계절에 따른 경치와
김성원의 풍류를 예찬한 노래이다.

김성원은 선조 때의 문인으로 본관은 광산이며 자는 강숙, 호는 서하
당 · 인제이다. 아버지는 교위 홍익이며, 어머니는 해주 최씨 장사랑 한
종의 딸이다. 김인후의 문하에서 수학하였다.

7세 때 아버지를 잃고 숙부에게 수학하여 1551년(명종 6) 향시에 일등
하였으며, 정철과 특계를 맺고 『근사록』, 『주역』 등을 공부하였다. 1558
년 사마시에 합격, 1560년 침랑에 임명되었다.

1581년(선조 14) 제원도찰방을 역임하였으며, 1592년 임진왜란이 일
어나자 동복가관 및 동복현감을 역임하면서 군량과 의병을 모으는 데

큰 공을 세웠다. 1596년 조카 김덕령이 무고로 옥사하자 세상과 인연을 끊고 은둔했다.

1597년 정유재란 때 어머니를 업고 피난하던 중 성모산에서 왜병을 만나 어머니를 보호하다 죽었다. 사람들은 어머니를 보호하다 죽은 산이라 하여 후에 그 산을 모호산(母護山)이라 불렀다.

그는 『성리서』, 『주역』에 대하여 깊이 연구하였으며 시로서도 이름이 높았다. 「식영정잡영」, 「척서도」 등이 있으며 저서로는 『서하당유고』가 있다.

> 열구름이 심히 궂어 밝은 달을 가리우니
> 밤중에 혼자 앉아 애달음이 그지 없다
> 바람이 이 뜻을 알아 비를 몰아오도다

어머니 생신날 새벽 날이 흐려지자 걱정되어 이 시조를 지었다. 날씨가 궂어서 밝은 달을 가린다고 한탄했다. 밤중에 자지 않고 혼자 앉아 어머니의 생일 잔치를 걱정하고 있다. 그는 일찍 아버지를 여의고 평생 어머니를 모시며 살았다. 바람이 그의 효심을 알았는지 비가 되어 땅을 적시고 있다고 했다.

여행은 궂은 날에 떠나라는 말이 있다. 바람이 구름을 몰아 비를 뿌리면 다음날은 화창하게 개이기 마련이다. 피란 중에 어머니를 보호하다 죽은 김성원이다. 날씨를 걱정하는 아들의 효심이 절절히 녹아 있다. 그는 효행으로 벼슬에 천거될 만큼 효성이 극진했다.

김성원은 벼슬에 연연하지 않았다. 서하당과 식영정을 짓고 명사들과 교유하며 풍류를 즐겼다. 효심과 풍류의 시인, 서하당. 현대에 사는 우리들에게 반드시 필요한 덕목과 여유가 아닐까 싶다.

28. 기대승의 「호화코 부귀키야…」

기대승(奇大升)　　1527(중종 22) ~ 1572(선조 5)

　　조선 중기의 성리학자로 『주자대전』을 발췌하여 『주자문록』을 편찬했
다. 스승 이황과의 8년간 사단칠정에 대해 논변은 우리나라 유학사상에
지대한 영향을 끼쳤다. 조광조, 이언적의 추증을 건의했다. 종계변무주
청사로 임명되었으며 병으로 귀향길에 오르던 중 그해 고부에서 죽었다.
호남의 정신적 지주였으며 성격이 직선적이고 강직했다.

호화(豪華)코 부귀(富貴)키야 신릉군(信陵君)만 할까마는
백년 못 되어서 무덤 위에 밭을 가니
하물며 여나믄 장부야 일러 무슴 하리오

신릉군은 중국 전국시대 위나라 소왕의 아들로 식객 3천 명을 거느리고 호화롭게 산 인물이다. 여나믄은 '다른'의 뜻이다. '그런 신릉군의 부귀와 권세도 백 년 못 가 무덤마저 전답이 되었는데 그만 못한 장부야 거론해 무엇하겠느냐'는 것이다. 부귀와 권세를 탐하지 말라는 얘기이다. 윤형원, 이양과 같은 당시 외척 권신들에게 경종을 울려준 철학자다운 시조이다.

이태백의 「양원음(梁園吟)」에 나오는 한 구절을 인용했다.

옛사람은 신릉군 부귀를 부러워했건만
지금 사람은 신릉군 무덤 위에 밭을 갈도다

기대승은 성리학자로 호는 고봉(高峰)이다. 기대승의 선조는 대대로 행

귀전함 유허비

백우산 청량봉 아래에 위치한 고봉 선생이 학문하신 곳으로 '부모가 온전히 낳아주시고 자식은 온전한 마음으로 돌아간다' 는 증자의 귀전 유훈에서 그 이름이 유래되었다. 현재 중건되지 못하고 터만 남아 있다.

주산성 아래에서 살았으며 작은 아버지 준은 기묘명현의 한 사람이다. 그 일로 아버지 진은 세상에 뜻을 버리고 광주로 은둔, 일생을 마쳤다.

기대승은 어려서부터 재주가 특출하여 문학에 이름을 날렸다. 독학으로 고금에 통달하여 31세 때『주자대전(朱子大全)』을 발췌,『주자문록(朱子文錄)』을 편찬했다. 1549년에 사마시에, 1551년 알성시에 합격했으나 준의 조카라는 이유로 시험관 윤원형이 낙방시켰다. 1558년 식년문과에 을과로 급제, 승문원부정자와 예문관검열 겸 춘추관기사관이 되었다.

32세에 이황의 제자가 되었으며 이항, 김인후 등 호남의 석유들을 찾아가 토론하는 동안 선학들이 미처 생각지 못한 새로운 학설을 제시했다. 스승 이황과는 1559년부터 1566년까지 8년간 사단칠정에 대해 치열한 논쟁을 벌였다. 이는 한국 성리학사의 최대 논쟁으로 유학사상 지대한 영향을 끼쳤다. 『양선생사칠이기왕복설(兩先生四七理氣往復說)』에 남아 있다.

고봉은 퇴계가 죽은 후 제문을 지어 올렸다.

> 근년 이래로 저는 전리(田里)에 엎드려 있어서 비록 학문을 연구하고 탐색하는 일에 힘을 다하지 못합니다만 때로는 한두 가지 새로운 견해가 있습니다. 그러나 묻거나 따져서 바로잡을 곳이 없으니 매양 옛날 선생께 왕복하며 사리의 옳고 그름을 밝히어 말하던 즐거움을 생각하면 더더욱 슬픔을 이기지 못하겠습니다.[1]

스승의 빈자리가 컸다. 고봉은 다른 글에서 '태산은 평평해질 수 있고 돌은 닳아 없어질 수 있지만 선생의 이름은 천지와 더불어 영원할 것입니다.'라고 말했다. 26년의 나이 차이에도, 학설의 다름에도 퇴계는 어린 후배를 존경했고 기대승은 스승 퇴계를 극진히 섬겼다. 고봉도 스승을 잃고 2년 후에 죽었다.

퇴계가 벼슬길에서 물러날 때 고봉을 추천했다. "학문에 뜻을 둔 선비는 지금도 없지는 않습니다. 그중에도 기대승은 널리 알고 조예가 깊어 그와 같은 사람을 보기가 드무니, 이 사람은 통유라고 할 만합니다."라고 평했다.

선조가 즉위하자 사헌부 집의 · 전한으로 기묘사화와 양제역 벽서 사건으로 화를 당한 조광조, 이언적의 추증을 건의했다. 1572년 성균관 대사성에, 이어 종계변무주청사로 임명되었다. 병으로 귀향길에 오르던

시조로 보는 우리 문화

---

1 김권섭, 『선비의 탄생』(다산초당, 2008), 54쪽.

기대승증손가소장문적

광주광역시 유형문화재 제22호, 광주 남구 금화로 446번길 28(월산동)

출처 : 문화재청

중 그해 11월 고부에서 죽었다. 45세의 젊은 나이었다.

제자로는 정운룡, 고경명, 최경회, 최시망 등이 있다. 광주의 월봉서원에 제향되었으며 시호는 문헌이다. 서원 뒷산에 그의 무덤이 있다. 문집으로 『논사록』, 『고봉집』 등이 있다.

"임금이 지성으로 현자를 신임하지 않는다면 현자 또한 어떻게 쓰여질 것인가, 오직 임금이 현자를 쓰려는 성의가 있느냐에 있을 따름이다"라 하여 신하의 임금에 대한 예뿐만 아니라 임금의 신하에 대한 예도 요구했다. 또한 "언로는 국가의 대사이다. 언로가 열리면 국가는 안정되고 언로가 막히면 국가는 위태롭다"라고 하여 임금이 언로를 막지 말아야 한다고 주장했다. 시비를 가려 소인배의 득세를 방지할 수 있다

기대승고봉문집목판
광주광역시 유형문화재 제19호, 광주 광산구 광곡길 133(광산동)

출처 : 문화재청

는 것이다.

　그는 호남의 정신적 지주였다. 왕도 정치의 이상을 품었으나 결국 뜻을 이루지 못했다. 성격이 직선적이고 강직했다. 그런 철학자가 그리운 세상이 되었다.

29. 홍랑의 「묏버들 가려 꺾어…」

홍랑(洪娘)　?~?

조선 선조 때의 홍원 기생이다. 삼당시인으로 시명이 높았던 고죽 최경창이 북평사로 경성에 있을 때 만나 최경창을 사랑했다. 고죽이 죽은 뒤 홍랑은 스스로 얼굴을 상하게 하고 그의 무덤에서 시묘살이를 했다. 임진왜란 중 고죽의 시고를 간직, 병화에서 구했으며 죽어서 고양의 고죽 묘 아래에 묻혔다.

29. 홍원 명기, 홍랑

홍랑은 선조 때 함경도 홍원의 이름난 기녀이다. 어려서부터 미모와 시재가 뛰어났다. 그녀는 둘도 없는 효녀였다.

어머니가 병으로 누워 있는데 백방으로 간호했으나 차도가 없었다.

경성에서 80여 리 떨어진 곳에 명의가 있다는 말을 듣고 어린 몸으로 혼자 길을 떠났다. 밤낮 사흘을 걸어 도착했다. 어린 효성에 감탄한 최의원이 나귀 등에 홍랑을 싣고 그녀의 집으로 갔다. 홍랑의 어머니는 숨져 있었다. 어머니를 뒷산에 묻고 홍랑은 석 달 동안 무덤에서 떠나지 않았다.

최의원은 홍랑의 갸륵한 효심과 사람됨을 보고 수양딸처럼 키웠다. 시문과 예의범절을 가르쳤다. 그러나 최의원의 극진한 애정도 혈육 한 점 없는 그녀의 외로움을 달래줄 수는 없었다. 어머니의 무덤을 자주 뵐 수 있는 곳으로 가겠다는 것이 그 이유였다. 홍랑은 최의원의 집을 떠났다.[1]

---

1 박을수, 『시화 사랑 그 그리움의 샘』(아세아문화사, 1994), 101~103쪽에서 발췌.

그 후 기적에 몸을 얹었다. 그녀를 아는 사람들은 그녀를 아까워했다.

고죽 최경창의 본관은 해주이며 전라도 영암에서 어린 시절을 보냈다. 박신의 문인이며 28세에 문과에 급제하여 정언·종성부사 등을 역임했다. 문장과 학문에 능해 이이, 송익필, 최립 등과 함께 팔문장으로 일렀으며 당시에 뛰어난 백광훈, 이달과 함께 '삼당시인'이라는 칭호를 얻었다.

율곡 이이는 그의 시를 가리켜 '청신준일(淸新俊逸)하다'고 평했다.

고죽은 악기 다루는 재주도 뛰어났다. 어렸을 때 일이다. 고죽이 서호강을 건너는데 왜구들이 쫓아왔다. 이에 고죽이 피리를 불었는데 그 소리를 들은 왜군들은 "저 배에는 귀신 신(神) 자에 사람 인(人) 자, 신인(神人)이 있다"며 쫓아가기를 포기했다고 한다.

경성은 여진족을 비롯한 많은 이민족의 침입이 있었던 국방의 요지였다. 선조 6년 고죽 최경창이 북도평사로 경성에 왔다.

부임 후 어느 날 취우정에 나갔다. 여러 사람들이 술자리에 어울렸다. 고죽은 여기에서 홍랑을 만났다.

> "홍랑아, 내 네 집안 일을 다 들어 알고 있었다. ……."
>
> "네? 평사님께서 어떻게……."
>
> "내, 네 어머님의 일과 너의 지극한 효성, 그리고 최의원 일까지 잘 알고 있느니라."
>
> "……."
>
> "그 지극한 효성이 가상하구나."
>
> "……."
>
> 말을 못하고 앉아 있는 홍랑의 얼굴에서 눈물이 흘러 방바닥에 떨어진다. 촛불이 짐짓 심지를 태운다. 한동안 둘 사이에는 침묵이 흘렀다.
>
> "홍랑아 눈물을 거두렴. 네 눈물을 보니 내 마음이 아프구나."
>
> "송구스럽사옵니다. 이 미천한 것을……."

"아니다. '부혜생아하시니 모혜국아하시고 욕보기덕인데 호천망극이라(父兮生我 母兮鞠我 欲報 其德 昊天罔極)' 하지 않았느냐? 너의 마음을 내가 충분히 이해한다."

고죽은 손을 들어 홍랑의 등을 어루만지며 위로했다. 홍랑은 고마웠다. 일개 천기인 자기를 그렇게 생각해 주는 고죽이 고마웠다. 이 어른에게 모든 것을 드리고 의지하고, 거기서 아버지의 체취를 느끼고 싶었다. 홍랑은 고죽의 가슴에 쓰러졌다. 흐느낌이 어깨를 추이게 했다. 고죽은 말없이 그녀를 감싸 안았다.[2]

최씨 후손들이 살고 있는 경기도 파주시 교하에도 위와 비슷한 두 사람의 만남의 이야기가 전해 오고 있다.

고죽이 변방에 군사 활동을 나갔다가 그 지역 관리가 마련한 술자리에 참석했는데 그 자리에 홍랑이 있었다. 주거니 받거니 하면서 시를 읊는데 홍랑이 함께 있는 사람이 고죽인지 모르고 그의 시를 읊었다. 이에 고죽이 누구의 시를 좋아하냐고 묻자 홍랑이 고죽 선생의 시를 좋아한다고 대답하고, 그때서야 최경창이 자신의 신분을 밝혔다는 것이다.[3]

고죽은 여기에서 어린 홍랑과 깊은 정을 맺었다. 홍랑은 고죽에게서 한 사람의 남자, 아니 부모의 정을 되찾은 것이다.

그것도 잠시였다. 이듬해 봄 고죽은 서울로 내직 발령을 받았다. 홍랑은 경성에서 쌍성까지 고죽을 마중 나갔다. 함관령에 이르렀을 때 날은 저물고 봄비가 주룩주룩 내렸다. 홍랑은 이곳에서 서울로 떠난 고죽에게 시조 한 수 「묏버들 가려 꺾어…」를 지어 보냈다. 애틋하고 간절한 그리움의 시조였다.

---

2 앞의 책, 106~107쪽.

3 KBS 역사 스페셜, 『역사 스페셜 5』(효형출판, 2003), 264쪽.

몃버들 가려 꺾어 보내노라 님에게
주무시는 창 밖에 심어두고 보소서
밤비에 새 잎이 나거든 저인 줄 여기소서

　서울로 돌아간 최경창은 을해년에 병이 들어 봄부터 겨울까지 자리에서 일어나지 못했다. 홍랑은 소식을 듣고 7일 밤낮을 걸어 한양에 도착했다.

　이 문병이 문제가 되어 최경창은 파직되었다. 그때는 국방의 이유로 평안도와 함경도 사람들의 도성 출입이 제한되었고 다른 지방 사람들과 결혼하는 것도 금지시켰다. 또한 명종 왕비인 인순왕후가 승하한 지 1년도 채 안된 국상 중이었다. 이런 비상시에 관원이 기생과 함께 놀았다고 하여 파면되었다. 당쟁이 치열했던 때라 무엇이든 일이 있으면 정적의 표적이 되었다. 최경창이 홍랑을 첩으로 삼았다고 비화되기까지 했다.

　선조 9년 1576년 5월 사헌부가 전적 최경창이 관비를 데리고 산다고 파직을 청했다. "전적 최경창은 식견이 있는 문관으로서 몸가짐을 삼가하지 않아 북방의 관비를 몹시 사랑한 나머지 불시에 데리고 와서 버젓이 데리고 사니 이는 너무도 기탄없는 것입니다. 파직을 명하소서."

　홍랑은 발걸음을 돌렸다. 고죽은 면직보다도 홍랑과의 이별이 더 가슴 아팠다. 병이 나은 후 고죽은 홍랑에게 자신의 그리움을 송별시에 담아 보냈다. 고죽은 홍랑에 대한 애틋한 시 「증별 1, 2」, 「번방곡」을 남겼다.

두 줄기 눈물 흘리며 서울을 나서네
새벽 꾀꼬리가 헤어지는 걸 알고서 수없이 울어주네
비단옷 천리마로 강 건너고 산 넘는 길

아득한 풀빛만이 혼자 배웅해 주네

—「증별 · 1」

서로가 뛰는 마음으로 바라보며 그윽한 난초를 건네주네.
이제 하늘 끝으로 가버리면 언제나 돌아올까.
함관령 노래는 옛곡조이니 부디 부르지 마소.
지금은 운우의 정이 푸른 산을 뒤덮었네.[4]

—「증별 · 2」

버들가지를 꺾어서
천리 머나먼 님에게 부치오니
뜰앞에다 심어두고서
날인가도 여기소서.
하룻밤 지나면
새잎 모름지기 돋아나리니,
초췌한 얼굴 시름 쌓인 눈썹은
이내몸인가 알아주소서 [5]

—「번방곡」

이능화, 『조선해어화사』에 최경창과 홍랑의 사랑의 이야기가 전해 오
고 있다.

최경창의 「기문총담」에 이르기를 홍원기 홍랑은 자색이 있고 절의를
사랑하였다. 고죽 최경창이 북평사로 있을 때에 홍랑을 사랑하였다. 최가
벼슬이 바뀌어 돌아가게 되자 홍랑이 쌍성까지 따라가서 송별하였다. 최
가 함관령에 도착했을 때 날은 어둡고 비까지 내려서 쓸쓸함을 이기지 못

---

4 허경진 역, 『고죽최경창시선』(평민사, 1994), 39쪽.

5 위의 책, 94쪽.

고죽 최경창 시비

전라남도 영암군 군서면 구림리

해 노래 한 장을 지어 홍랑에게 보냈다. 그 뒤에 최가 병들었다는 소식을 듣고 홍랑이 그날로 길을 떠나 밤낮으로 7일 만에 도성에 도착하였으나 나라의 법금 때문에 체류를 허락받지 못하였다. 최가 병이 쾌차한 뒤에 '증별(贈別)'의 시를 지어 홍랑에게 보냈다.[6]

파직 후 최경창은 평생을 변방의 한직으로 떠돌다 선조 9년(1583년) 45살의 젊은 나이로 객사했다.

남학명의 문집 『회은집』에는 "고죽이 죽은 뒤 홍랑은 스스로 얼굴을 상하게 하고 그의 무덤에서 시묘살이를 했다."고 말하고 있다. 3년의 세

---

6 이능화, 『조선해어화사』(동문선, 1992), 275쪽.

월 동안 움막을 짓고 씻지도 않고 꾸미지도 않았으며 묘를 지켰다. 임진왜란 때에는 고죽의 시고를 등에 짊어지고 다녀서 병화를 면하였다. 3년상을 마치고 무덤을 지켰던 홍랑은 전쟁이 일어나자 피난길에 올랐다. 고죽이 남긴 시를 정리해 고향으로 돌아간 것이다. 고죽의 시가 지금까지 남아 있는 것은 홍랑의 순전한 사랑 때문이었다. 홍랑이 죽자 고죽의 무덤 아래에다 장사지냈다. 지금도 최경창 부부의 합장묘 바로 아래 홍랑의 무덤이 있다.[7]

홍랑의 무덤은 경기도 파주시 교하면 다율리에 있는 해주 최씨의 선산에 묻혀 있다.

홍랑은 일생을 통해 고죽을 두 번 만났다.

최경창은 뛰어난 시인이었다. 삼당시인의 한 사람인 손곡 이달과는 자별한 사이었다. 한번은 이달이 고죽의 임소를 지나다가 정을 주었던 기녀가 상인이 파는 자운금을 보고 사달라고 졸랐다. 때마침 이달은 가진 돈이 없으므로 고죽에게 「증최경창」이란 시를 써서 보냈다.

> 호남의 장사꾼이 강남시에서 비단을 파는데
> 아침 햇살이 비치어 자줏빛 연기가 나는구려
> 정을 주었던 여인이 자꾸 치맛감을 보채지만
> 화장그릇 뒤져보나 내 줄 돈이 한푼도 없구려
>
> ― 이달의 「증최경창」

고죽이 이 시를 보고 회답하기를 "가치로 말하면 어찌 금액으로 헤아리겠소? 우리 읍이 본시 작으니 넉넉히는 보답 못하오." 하고 쌀 한 섬을 보내니, 이달이 그 기녀에게 자운금 한 필을 사서 주었다고 한다.

---

7 KBS 역사 스페셜, 앞의 책, 271~272쪽.

고죽은 국문학사상 시가의 대가인 정철과도 교우가 두터웠는데 그가 경성에서 병석에 있다는 소식을 듣고 송강이 달려갔으나 이미 사거했음을 알고 「만최가운」 시를 지어 애도하기도 하였다.

> 필마가 구름 속으로 드니
> 동풍은 어느 곳에서 우는가
> 장군이 세유에 누웠으니
> 다시는 구름 다리엔 오르지 못하리

또 송강의 4세손 장암 정호의 문집에는 고죽의 후손들과의 우의가 5대에까지 연계되었다는 기록이 있어 저들의 교유가 범연하지 않았음을 알려주고 있다.[8]

사랑에는 남녀노소의 구별이 없으니 인연이라는 것이 있나 보다. 홍랑이 고죽을 사랑하지 않았더라면 고죽의 시고는 병화에 없어졌을지도 모른다. 홍랑이 있었기에 오늘의 고죽이 있고 고죽이 있었기에 또 오늘의 홍랑이 있다. 진정한 사랑이란 바로 이런 것을 두고 말하는 것이리라.

---

8 박을수, 앞의 책, 110~111쪽.

30. 허강의 「봉황성 돌아들어 …」

허강(許橿)　　1520(중종 15) ~ 1592(선조 25)

조선 전기의 학자로 목의 할아버지이다. 아버지가 을사사화 때 이기의 모함으로 홍원에 귀양 가서 죽자 벼슬을 단념했다. 전감사별제에 제수되었으나 출사하지 않고, 40년 동안 유랑생활을 하며 학문에 전념했다. 아버지가 편찬한 『역대사감』 30권을 완성했다. 다학박식했으며 임진왜란 때 피난하던 중 토산에서 죽었다.

30. 강호 처사, 허강

봉황성 돌아들어 고향 어디메오
팔도하가에 갈잎에 자리 보아
삼경에 겨우 든 잠을 여울 소리에 깨과라

뫼는 높으나 높고 물은 기나 길다
높은 뫼 긴 물에 갈 길도 그지 없다.
님 그려 젖은 소매는 어느 적에 마를꼬

첫 수는 중종 36년(1541)에 아버지 허자가 중국 동지사로 갈 때 수행하면서 지은 시조이다.

만주 봉황성을 지나니 고향은 어드메인가. 팔도하가에서 갈잎으로 자리를 깔고 누었으나 삼경에 겨우 든 잠을 여울소리에 깨고 말았구나. 여정 중 팔도하가에서 잠을 청한 하룻밤의 야영의 심경을 노래하고 있다.

둘째 수는 명종 5년, 아버지가 권신 이기와 대립하다 심복 진복창의 탄핵으로 평안북도 홍원으로 유배되었을 때 아버지를 따라가면서 지은 시조이다. 먼 북방으로 귀양하는 아버지의 심정을 자식이 대신해 표현한 유배시조이다.

산과 물이 높고 길다는 말은 쌓인 한이 그만큼 많다는 이야기이다. 임금이나 권신을 대놓고 원망할 수 없어 한을 품고 유배를 가고 있으니 높은 뫼 긴 물에 갈 길이 그지없다고 말한 것이다. 임금을 그려 젖는 소매가 마를 날이 없다는 '충신연주지사'의 노래이다.

> 서호 눈 진 밤의 달빛이 낮 같은 제
> 학창을 니믜차고 강고로 내려가니
> 봉해에 우의선인을 마주 본 듯하여라.

> 서호 십리 들에 해 다 저문 날에
> 먼 데를 멀다 아녀 오실사 님아 님아
> 반기노라 반기노라 하니 사뢸 말이 없어라

예전에는 서울 근처에 나루가 다섯 군데가 있었다. 한강, 용산, 마포, 현호, 서강나루이다.

첫 수는 서강, 서호에 대한 시조이다.

서호의 눈 내린 밝은 달밤은 학창의를 여미어 입고 강가 언덕으로 내려간다고 했다. 눈 내린 하얀 대지와 자신이 입은 학창의의 검은색이 선명한 대조를 이루고 있다. 신비스럽기까지 하다. 삼신산의 하나인 봉래산에서 신선을 마주 본듯 하다고 하였다. '학창'은 '가를 검은 천으로 두른 창의'를 말하다. '창의'는 학의 털로 만든 웃옷을 뜻하고 '봉해'는 '봉래산'을 뜻한다. '우의선인'은 '깃옷을 입은 신선'을 말한다.

자연 속에서 학처럼 살아가는 자신의 생활을 이렇게 표현했다. 성품이 그만큼 고결하고 깨끗했다.

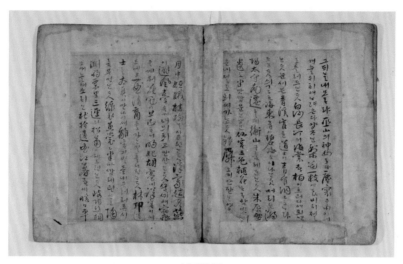

봉래유묵

보물 제1539호, 서울시 서대문구 연세로 50, 연세대학교 중앙도서관 소재

이 시문은 봉래 양사언의 친필로 허강의 「서호별곡」을 옮겨 쓰고, 자신의 자작시와 국한문 시가를 필서하여 엮은 서첩이다. 양사언은 조선 중기의 문인이자 서예가로 안평대군, 김구, 한호와 함께 조선 전기 4대 서예가 중 한 사람이다.

광초풍(狂草風)의 글씨로 유명한 양사언의 일반적인 평상 글씨를 잘 보여주는 작품으로서 16세기 한글 한문 혼용의 희귀한 사료로 매우 중요한 자료이다.

출처 : 문화재청

둘째 수는 서호를 찾아온 님을 반갑게 맞이하는 심정을 읊었다. 배경은 해가 저물어가는 한강 하류 강변의 서호십리 들판이다. 먼 곳을 찾아온 손님을 '멀다 않고 찾아온 님'이라 반겨 맞고 있다. '반갑다'라는 말 외에 다른 말로는 표현할 수 없다고 즐거워하고 있다. 시골에 칩거하면서 찾아온 친구를 맞아 반가워하는 모습이 눈에 보이는듯 선하다.

허강의 호는 송호·강호거사이며 목의 할아버지이다. 아버지가 을사사화 때 이기의 모함으로 홍원에 귀양 가서 죽자 벼슬을 단념했다. 전감사별제에 제수되었으나 출사하지 않고, 40년 동안 유랑생활을 하며 학문에 전념했다.

특히 다학박식하여 만물의 변에 능통한 정작, 이지함, 양사언, 김태균과 교계가 특별히 깊었다. 임진왜란 때 피난하던 중 토산에서 죽었으며 아버지가 편찬하던 『역대사감』 30권을 완성하였다.

저서로 『송호유고』가 있고, 시조 7수와 가사 「서호별곡」 1편이 허목이 엮은 『선조영언』, 양사언의 친필사본 첩책에 수록되어 전하고 있다.

아버지가 귀양 가서 죽은 것을 보고 허강은 일생 벼슬에 나가지 않았다. 정치가 예나 지금이나 하등 다를 게 없다. 한바탕 꿈이거나 부질없는 것일지도 모른다. 그는 강호처사로 부귀영화를 멀리한 채 학문과 벗하며 일생을 깨끗하게 살았다.

시조로 보는 우리 문화

31. 이후백의「평사 낙안하고…」

이후백(李後白)　1520(중종 15) ～ 1578(선조 11)

　　조선 중기의 문신으로 예조참의, 홍문관부제학, 호조판서 등을 지냈다. 청백리에 녹선되고, 앞서 종계변무, 명나라의『태조실록』과『대명회전』에 이성계가 고려의 권신 이인임의 후손으로 잘못 기재된 것을 바로잡고 왔다. 인성왕후가 죽어 복제 문제가 일어나자 3년상을 주장해 그대로 시행되었다. 문장이 뛰어나고 덕망이 높아 사림의 추앙을 받았다.

31. 청렴결백, 이후백

평사 낙안하고 강촌에 일모로다
어선도 돌아오고 백구 다 잠들 적에
빈 배에 달 실어 가지고 강정으로 오노라

황학루 저 소리 듣고 고소대에 올라가니
한산사 찬 바람에 취한 술 다 깨거다
아이야 주가하처(酒家何處)오 전의고주(典衣沽酒)하리라

청련은 15살 때 백부를 따라와 섬진강에서 뱃놀이를 했다. 백부의 권유에 따라「소상팔경」시조를 지었다. 이것이 서울에 전파되어 악부에까지 올랐다.

위 두 수는 2, 8번째의 수이다. 청련은 송나라 송적의 그림 소상팔경의 경치를 상상하며 지었다. 소상팔경은 양자강 지류 소수와 상수가 합쳐진 동정호의 아름다운 경치를 말한다. 평사낙안(平沙落雁), 원포귀범(遠浦歸帆), 산시청람(山市晴嵐), 강천모설(江天暮雪), 동정추월(洞庭秋月), 소상야우(瀟湘夜雨), 연사만종(煙寺晚鐘), 어촌석조(漁村夕照) 등이다.

이징의 소상팔경도 중 〈평사낙안도〉

출처 : 『한국민속문화대백과』, 한국학중앙연구원

첫 수는 소상팔경의 평사낙안을 상상하며 표현했다.

섬진강 모래사장에 기러기가 앉고 강마을에 해가 지고 있다. 고기잡이 배도 돌아오고 갈매기도 잠들 적에 빈 배에 달을 싣고 강가의 정자로 돌아오노라. 섬진강의 아름다운 저녁 풍경을 평사낙안에 빗대어 시조에 담았다.

둘째 수는 중국 호북성 무창 서남의 황학루와 강소성 오현의 고소대를 상상하며 지었다.

황학루는 악양루, 등왕각과 함께 중국 강남 3대 명루의 하나이다.

최호의 작품 「황학루」로 유명해진 누로 이백이 황학루에 올라 즐기고 있다가 최호의 시를 발견하고 찬탄을 금치 못했다. 장강의 그림 같은 풍경을 시로 쓰고자 하였으나 최호의 경지를 뛰어넘지 못함을 탄식하고는 배를 타고 강남으로 떠났다고 한다.

고소대는 강소성 소주부에 있는 누대이다. 오왕 부차가 월왕 구천을 쳐서 항복을 받아냈다. 구천은 미인 서시를 바쳐 부차에게 퇴각하는 길을 열어 달라고 간청하여 허락을 받았다. 부차는 서시를 극히 총애하여 그녀를 위해 고소대를 지었는데 향락에 빠져 월나라 군사의 침입을 받아 망했다. 흥망성쇠의 무상함과 인간사의 덧없음을 상징하는 절경으로 유명한 유적이다.

한산사는 소주성 밖 풍교진에 있는 절로 당나라 장계의 시 「풍교야박(楓橋夜泊)」으로 유명해진 명소이다.

> 달 지고 까마귀 울어 밤하늘에 서리 가득하고
> 강변에 단풍 들고 고기잡이배 불이 밝아 시름 속에 잠들었는데
> 고소성 밖 한산사
> 한밤중의 종소리가 객선에 들려오네

황학루 피리소리를 듣고 고소대에 올라가니 한산사 찬바람에 술이 다 깨는구나. 섬진강 강바람을 맞으며 황학루, 고소대를 상상하며 지었다.

그리고 아이를 불러 술집이 어디냐고 묻고 옷을 전당 잡혀 술을 사러 보내겠다고 하였다. 이는 이태백을 비롯한 중국 시인들의 낭만적 흥취를 보여주는, 한시에 자주 등장하는 고사이다. 그것을 차용했다.

시조로 보는 우리 문화

이 소상팔경은 이후백이 지은 8수의 연시조로 그의 문집 『청련집』에 전하고 있다.

> 이조판서가 되어서는 일체 공평한 도를 펼쳐 다른 사람들이 관직을 구하러 갔더니 공이 개인 장부를 꺼내서 보여주며 말하였다.
> "처음에 나는 공에게 관직을 제수하려고 기록하였다오. 그런데 그대가 관직을 구하다니 애석하구려!"
> 드디어 붓을 들어 기록해 주었던 곳을 한 번에 지워버렸다. 이로부터 사사로이 관직을 구하는 자가 없게 된지라 공의 문과 뜰은 몹시 적막하여 거마의 드나듦이 없었다.[1]

> 공이 소싯적에 이기가 강진으로 귀양을 왔는데 당시 사람들이 이기가 학문을 잘한다고 일컬었다. 그래서 공이 가서 배웠는데 머문 지 며칠만에 바로 돌아와 버렸다. 사람들이 까닭을 물었더니, 말하기를, "내가 며칠 동안 그의 마음 씀과 행하는 일을 보고 그냥 돌아왔다."라고 하였다. "어떻기에 그랬는가?" 하고 물으니, 말하기를, "아무리 작은 일이라도 하나같이 모두 비밀에 붙여 남이 알지 못하게 하는데, 군자의 마음씨가 어찌 그럴 수 있는가?"라고 하였다.[2]

청련의 청렴하고 고귀한 성품을 엿볼 수 있는 일화들이다.

이후백의 호는 청련으로 어려서 부모를 여의었다. 15살까지 큰아버지 집에 살다 할머니를 따라 강진으로 이주해 살았다.

예조참의, 홍문관 부제학, 호조판서 등을 지냈다. 문장이 뛰어나고 덕망이 높아 사림의 추앙을 받았다. 함안의 문회서원에 제향되었고, 시호는 문청이다.

---

1 유몽인, 『어우야담』(한국문화사, 1996), 487쪽.

2 『국조인물고』, 속고8을사.

판서 이후백이 함경감사가 되어 다스리는 것이 청렴하고 밝으며 묵은 폐단을 힘써 제거하니 온 도내가 칭송했다. 그러나 조세를 줄여주는 일이 너무 지나쳐서 각 고을의 재정이 쇠잔해져, 정식 부세 이외에 억지로 거둬들이게 되니 백성들이 괴로워했다.

임제가 시를 지어 이르기를

> 난초는 서릿바람에 꺾이고 옥은 티끌에 싸였구나
> 한때의 맑은 덕이 관리들을 감동시켰건만
> 가엾다, 조세 감면 이어가기가 마침내 어렵게 되었으니
> 이판서가 백성의 병 고쳐준다는 것이 도리어 병들게 하네

라고 했다.[3]

김효원은 "계진은 다만 육경의 재주가 될 뿐이지 만일 정승이 되면 내가 논핵하겠다"고 했으며 이이는 "계진은 과연 정승 재목은 못 된다. 효원이 바로본 것이 아닌 것은 아니다"라고 했다.

결백함에 탄복할지는 몰라도 국량이 좁아 묘당의 그릇이 되기는 어렵다는 경계의 말이다.

> 옥매 한 가지를 노방이 버렸거든
> 내라서 거두어 분 위에 올렸더니
> 매화이성랍(梅花已成臘)하니 주인 몰라 하노라

청련은 백련 문익주를 추천하여 태인현감 등 세 번이나 군수를 하게 했다. 벼슬에 나간 후에는 일절 내왕이 없어 이 노래를 지어 염량세태를 풍자했다. 함축과 상징을 이용한 흥(興)의 수법이다. 표면적으로는 매화

시조로 보는 우리 문화

---

3 이수광 저, 정해렴 역주, 『지봉유설』(현대실학사, 2000), 236~237쪽.

를 읊고 있지만 속뜻은 사람을 가리키고 있다. 초장의 버려진 옥매는 벼슬에 나가지 못한 친구 문익주를 지칭하고 있다. 그냥 매화를 읊었다면 종장의 '주인 몰라 하노라'와 연결되지 않는다.[4]

버려진 매화를 주워다가 화분에 심었다는 말은 벼슬에 나가지 못한 친구를 벼슬길에 오르게 했다는 말이다. 그리고는 섣달이 되어 꽃을 피운 매화가 화분에 심어준 주인을 모른다고 한탄하고 있다. 한 번도 찾아와 주지 않는 친구의 무정함을 은근히 풍자하고 있다. 그의 이면의 마음을 읽을 수 있는 시조이다.

> 추상에 놀란 기러기 섬거온 소리마라
> 가뜩에 님 여의고 하물며 객리로다
> 어디서 제 슬허 울어 내 스스로 슬흐랴

자신의 주관적 감회를 토로한 작품이다.

가을 서리에 놀란 기러기 울음을 듣고 나약한 소리 하지 마라. 가뜩이나 임과 이별하고 객지에 홀로 떨어져 있는데, 어디서 기러기는 제가 서러워 우는가, 내 스스로 더욱 슬퍼지는구나.

중장에서 자신의 심정을 추스르고 종장에서는 자신의 심정을 고스란히 드러내고 있다.

청련이 29살 때 자신을 돌보아주었던 할머니가 돌아가셨다. 참으로 애통해 했다. 말년에 동향 친구 옥계 노진이 죽자 몹시 애통해 했다. 조상하고 돌아온 다음날 그도 따라 죽었다.

살면서 이런 저런 이별의 아픔, 인생사들이 오롯이 이 시조에 담겨져 있다.

31. 이후백의 「평사 낙안하고 …」

---

4 정종대, 『옛시조와 시인』(새문사, 2007), 155쪽.

32. 백광훈의 「오세수 갚은 후에…」

시조로 보는 우리 문화

백광훈(白光勳)　　1537(중종 32) ～ 1582(선조 15)

　　조선 중기 시인으로 명나라 사신을 시재와 서필로 감탄케 해 백광선
생의 칭호를 받았다. 최경창, 이달과 함께 삼당시인으로 불렸으며 글씨
에도 일가를 이루어 영화체에 빼어났다. 한 집안 4형제가 모두 문장으로
칭송을 받았으며 그의 천부적 재질은 아들 백진남, 손자 백상빈에까지
이어져 삼대시인 가문으로 유명해 삼세삼절이라 칭송받았다.

32. 삼당시인, 백광훈

오세수(五世讐) 갚은 후에 금도(金刀)의 업(業)을 이뤄
삼만호(三萬戶) 사양(辭讓)하고 적송자(赤松子) 좇아가니
아마도 견기고도(見機高蹈)는 자방(子房)인가 하노라

한나라는 진시황의 천하통일로 망했다. 한나라의 명문 출신인 장량은
유방을 도와 진나라를 멸망시켰다. 결국 오세에 걸친 원수를 갚고 유씨
의 왕업을 이루었다. 금도(金刀)는 유(劉) 자를 파자한 것으로 금도의 업
은 유씨 왕업을 지칭한 것이다.

유방이 그를 유후에 봉하고 삼만 호를 식읍으로 내렸으나 그는 모든
것을 사양하고 신선 적송자를 따라갔다. 장량이 현실의 부귀영화를 버
리고 신선이 된 것을 말하고 있다.

'견기고도'는 낌새를 알고 은거함을 말한다. 자방은 장자방, 장량을 일
컫는다.

이 시조는 혁혁한 공을 세우고도 현실적 공훈을 초개같이 버리고 신
선이 된 인물, 장자방 고사를 제재로 삼았다. 비록 현실의 공훈은 없으

나 현세의 명리에 집착하지 않고 시나 지으며 신선처럼 살고 싶다는 마음을 나타내고 있다.

백광훈의 호는 옥봉이다. 형인 광안과 광홍 및 종제 광성 등 한 집안 4형제가 모두 문장으로 칭송을 받았다. 박순의 문인으로 양응정, 노수신 등에게 수학하였다. 팔문장의 칭호를 들었으며 글씨에도 일가를 이루어 영화체에 빼어났다. 그의 아들 백진남은 임진왜란 때에 이순신의 휘하에서 전쟁에 참가하였다.

36살에 명나라 사신이 오자 노수신을 따라 백의로 제술관이 되어 사신을 감탄하게 했다.

옥봉이 사신을 접대하던 중에 시 한 수를 지어 바쳤다.

> 성 위의 날아가는 까마귀 모두 돌아가려 하는데
> 자리 주위에 흐르는 강물은 무정하게 흘러가네.[1]

옥봉의 시를 받아든 노수신은 장난기가 발동하여, '귀(歸)' 자를 '울부짖다'는 뜻의 '제(啼)' 자로 고친 다음에 사신에게 전달하였다. 그러자 사신은 대번에 고친 글자를 가리키며, 본래 시인이 쓴 글자가 아니라고 하였다. 노수신은 다시 본래 글자로 고쳐서 올렸더니 사신이 매우 좋아하면서 옥봉에게 상을 내렸다고 한다.

옥봉의 시는 성당(盛唐)의 시인 이백과, 두보의 경지에 도달하였다고 한다. 그래서 옥봉과, 최경창, 이달 세 시인의 시풍을 '삼당파'라고 하고, 송시의 풍조를 버리고 당시를 따르며 시풍을 혁신하였다고 해서 이들을 '삼당시인'이라고 불렀다. 그런데 세 사람 모두 박순의 문하에서

시조로 보는 우리 문화

---

1 「시인의 고향-3. 백광훈」, 『해남신문』, 2007. 4. 20.

공부한 문인들이었다.

조선전기 4대 명필로 꼽히는 서예가이자 풍류가인 봉래 양사언과의 관계 또한 독특했다. '태산이 높다하되 하늘 아래 뫼이로다…'라는 시조로 익히 알려진 양사언. 함경도 안변에서 벼슬살이하던 그가 한양에 있는 백광훈에게 편지를 보내왔다.

> 삼천리 밖에서 마음 친한 것은
> 한조각 구름 사이 밝은 달.

편지 내용은 딱 두 줄이었다. 삼천리 밖에서 보낸 편지치고는 싱겁기 그지없었다. 하지만 음미할수록 정감이 넘쳐나는 뭉클한 사연이었다. 절제된 짧은 편지글을 몇 번이고 되새긴 옥봉은 곧장 붓을 들어 답신을 썼다.

> 편지 한 통을 이른 봄날 한양에서 받들고,
> 글속에는 다만 심친(心親)이란 말 뿐이라.
> 생각을 그치고 그저 구름 속 달을 부러워하네.
> 삼천리 밖 사람에게도 나누어 비칠 테니.

머나먼 변방에서 쓸쓸한 감회에 젖은 양사언은, 구름 사이로 비치는 달을 보며 옥봉의 얼굴을 떠올렸다. 하지만 상대는 자신보다 20년이나 젊은 새카만 후배였다. 그는 넘치는 그리움을 차마 구구절절 풀어내지 못한 채, 아끼고 아껴서 단 두 줄로 집약했다. 그러나 영명한 젊은 시인은 대선배의 속내를 오롯이 읽어내고, 멋진 답신으로 장단을 맞춰준 것이다.[2]

---

2 「특집, 장흥의 가사문학과 백광홍」, 『장흥타임스』, 2014. 8. 19.

조롱대

충남 부여군 부여읍 쌍북리 있는 바위로 당나라 소정방이 용을 낚았다고 하여 전해
진다.

시조로 보는 우리 문화

그의 시재에 대한『어우야담』의 일화 한 도막이다.

　　백광훈은 시를 잘 짓고 초서를 잘 써 호남에서 제일인자로 이름을 날렸
다. 그가 일찍이 부여현을 지날 때 그곳 현감이 배에 술을 싣고 공주의 기
생과 악사를 빌려 놀고서 그를 불러들였다. 백광훈이 도착하자 그는 곧
베옷을 입은 선비일 뿐으로 생김새는 볼품이 없었고 풍채 또한 작았다.
기생 가운데 이름이 장본인 자가 있었는데 우스갯소리를 잘하였다. 그녀
가 말했다.
　　"일찍이 듣자오니 백광훈이라는 이름은 산보다도 크옵더니, 이제 보니
조롱대일 뿐이옵니다."
　　부여 백마강에는, 조롱대가 있는데 소정방이 그곳에서 백마를 미끼로
하여 용을 낚았었기 때문에 조롱대라는 이름이 붙여졌던 것이었으나, 그

것은 우뚝 솟은 조그마한 하나의 바위일 뿐이었다. 그래서 당시 사람들은
기녀의 말이 잘 형용한 것이라 여겼다.

광훈이 소시(小詩)를 잘 지었는데 그 당시 자자하였다.

겹겹 싸인 청산에 물만 쓸쓸히 흐르니
금궁(金宮) 아니면 옥루(玉樓)로다
전성했던 때를 지금은 물을 곳 없거늘
달 밝은 밤 조수 줄어들 때 외로운 배에 기대노라.

내 보기로는 그의 시 또한 조롱대이다. 그의 아들 진남 진사 또한 부친
의 기질을 이어받아 초서를 잘 썼고 시에도 조금 재능이 있었다.[3]

기생의 이런 발칙한 발언도 시인의 아름다운 영혼에 흠집을 내지는
못했을 것이다. 못생기고 촌스러운 옥봉이었지만, 그의 문명은 높았고
당대의 쟁쟁한 선후배 문인들은 언제나 그를 우러러보았다.

옥봉과 고죽 최경창은 둘 다 고향이 전라남도이다. 옥봉은 낙향하고
고죽은 서울에 남아 벼슬살이를 했다. 그들은 서로 떨어져 살면서 돈독
한 우정을 나누었다.

옥봉의 「고죽을 기억하며(憶孤竹)」 시이다.

문밖에 자란 풀은 낟가리처럼 우거졌건만
거울 속 이 내 얼굴은 이미 다 시들었네
어찌 견디리 가을 기운 도는 이 밤을
게다가 이 아침에도 빗소리까지 들리니
그대 모습 그림자라도 있다면 서로 위로하련만
그리울 때마다 홀로 노래할 뿐이네

3 유몽인, 「어우야담」(한국문화사, 1996), 44쪽.

외로운 베갯머리 꿈이 오히려 가여워도
바다와 산이 멀다고는 말하지 마시오

다음은 고죽의 「옥봉에게 부침(寄玉峰)」이라는 시이다.

간 밤 산중에 빗발을 재촉하더니
푸른 벼랑에 떨어지는 폭포가 부딪히며 우레 소릴 내네
끊이지 않고 이어지는 상사몽을 그만 깨워버리고 말아
다만 금강고개 마루에 이르러서 돌아오고 말았네

친구의 진한 우정을 느낄 수 있다.

이정구는 그의 문집에서 백광훈은 손꼽히는 호남시인으로 특히 절구
를 잘해 당나라의 천재 시인 이하에 비견된다고 하였다. 그의 천부적 재

시조로 보는 우리 문화

옥산서실소장품일괄
전라남도 유형문화재 제181호, 전남 해남군 옥천면 송산길 37-9(송산리)

출처 : 문화재청

질은 아들 백진남, 손자 백상빈에까지 이어져 삼대시인 가문으로 유명하다. 사람들은 이들을 삼세삼절(三世三絶)이라 칭송했다.

강진의 서봉서원(박산서원)에 제향되었고, 저서로 『옥봉집』이 있다. 현재 그의 유묵이 지방문화재로 지정되어 있으며, 1981년 유물관이 건립되었다. 『백광훈교첩』, 유학백진남백패, 『옥봉집』, 『가장필적』, 『장서동수창록』, 백옥봉 목판, 한석봉서증백진사 목판, 『옥봉집』 목판, 영여 등이 지정되어 있다.

33. 권호문의 「평생에 원하노니 …」

권호문(權好文)　1532(중종 27) ~ 1587(선조 20)

　　조선 중기의 학자로 이황에게 사사했으며 문하생 유성룡, 김성일 등과 교분이 두터웠다. 그는 평생을 자연에 묻혀 살았으며 학행과 덕망이 높아 찾아오는 문인들이 많았다. 경기체가의 마지막 작품 「독락팔곡」과 그의 철학이 집약된 시조 「한거십팔곡」을 지었다. 이황은 그를 '소쇄산림지풍'이 있다고 하였고, 벗 유성룡도 '강호고사'라 하였다.

33. 강호거사, 권호문

　권호문의 호는 송암이다. 30세에 진사시에 합격했고 내시교관에 제수되었으나 출사하지 않았다. 어머니상을 당한 이후 벼슬을 단념하고 청성산 아래에 무민재를 짓고 은거했다.

　이황에게 사사했고, 문하생 유성룡, 김성일 등과는 교분이 두터웠다. 그는 평생을 자연에 묻혀 살았으며 학행과 덕망이 높아 찾아오는 문인들이 많았다.

　「독락팔곡」은 경기체가의 마지막 작품이다. 자연을 벗삼아 살아가는 자신의 심회를 노래하고 있다. 제목은 8곡이나, 7곡만이 『송암별집』에 수록되어 있다.

　총 19수 연시조 「한거십팔곡」은 자연을 벗삼아 살아가는 안빈낙도의 삶을 노래하고 있다. 거기에는 그의 인생관이 녹아 있으며 그의 삶과 철학이 집약되어 있다.

　　　평생에 원하느니 다만 충효뿐이로다
　　　이 두 일 말면 금수나 다르리야

마음에 하고자 하여 십재황황(十載遑遑)하노라

「한거십팔곡」중 첫째 수이다.

평생에 원하는 것은 충효, 이 두 일 말면 짐승이나 다름없다. 그는 충효를 실천하고자 십 년 넘게 과거 공부에 매달렸다. 그렇게 십 년을 황황해 왔는데 진사가 되었을 뿐이다. 부모마저 돌아가시고 혼란한 정국과 스승의 낙향을 보자 아예 벼슬을 단념했다.

비록 못 이뤄도 임천(林泉)이 좋으니라
무심어조(無心魚鳥)는 자한한(自閒閒)하였느니
조만(早晩)에 세사 잊고 너를 쫓으려 하노라

강호에 놀자하니 성주를 버리레고
성주를 섬기자 하니 소락(所樂)에 어기어라
호온자 시로에 서서 갈 데 몰라 하노라

셋째 수, 넷째 수이다.

자연에 묻혀 사는 것이 좋다. 무심한 물고기와 새들은 스스로 한가한데 아침 저녁 세상사를 잊고 충효를 이루지 못했어도 너를 쫓으려 한다고 했다.

강호에 살자니 임금을 모르는 체하는 것이고, 임금을 섬기자니 전원생활을 버리게 되니 혼자서 이러지도 저러지도 못해 기로에 서 있다. 자연에 살면서 임금 또한 모른 체할 수 없다는 것이다.

출(出)하면 치군택민(致君澤民) 처(處)하면 조월경운(釣月耕雲)
명철군자(明哲君子)는 이럴사 즐기나니
하물며 부귀위기(富貴危機)라 빈천거(貧賤居)를 하오리라.

여덟째 수이다.

진출하면 임금을 섬기고 백성에게 은택이 미치게 해야 하고, 전원에 있으면 자연을 즐기며 살아야 한다. 이것이 총명하고 사리에 밝은 군자가 아니고 무엇이겠는가. 부귀는 위태로운 것이니 자연을 즐기며 빈천하게 살아가겠다는 것이다.

바람은 절로 맑고 달은 절로 밝다
죽정송함(竹庭松檻)에 일점진(一點塵)도 없으니
일장금(一張琴) 만축서(萬軸書) 더욱 소쇄(瀟麗)하다

열한째 수이다.

바람은 맑고 달은 밝다. 대나무 숲의 뜰 소나무 정자는 한 점의 티끌도 없다. 거문고와 책으로 벗을 삼으니 더욱 소쇄하다고 했다. 물아일체, 천인합일의 경지에 이르고 있다.

성현의 가신 길이 만고에 한가지라
은(隱)커나 현(見)커나 도(道) 어찌 다르리
일도(一道)오 다르지 아니커니 아무 덴들 어떠리

열일곱째 수이다.

성현의 길을 따르는데는 만고에 한 가지이라. 초야에 묻히거나 조정에 나서거나 길을 가는 데가 어찌 다르랴. 자신이 은거해 있어도 성현의 길을 따르는 데는 하등 다르지 않다. 한 가지 길을 가는 것이 지장이 없거늘 초야에 묻혀 사는 것이 무엇이 어떻겠느냐.

「한거십팔곡」은 권호문 인생의 조감도이다.

퇴계 선생은 '선비의 기상이 있으며 깨끗한 산림(山林)의 기풍이 있다'고 했다. 유성룡은 '일생의 일을 평론하자면 백세의 스승이 될 만하다.'

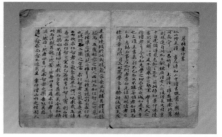

퇴도선생필법　　　　　　　　　**퇴도선생유첩**

보물 제 548호, 경상북도 안동시 서후면 교리향교길 45-18(교리)

『퇴도선생필법』은 이황이 권호문에게 글씨를 가르치기 위해 써준 체본이며 『퇴도선생유첩』은 2책으로 만들어졌는데, 모두 이황이 권호문에게 보낸 편지를 모은 것이다.

출처 : 한국향토문화전자대전

고 하였고, 김성일은 '일찍이 퇴계의 문하에 나아가니 학문의 연원이 있다.'고 했다.

죽음에 임해 아들 권행가에게 "장사를 검소하게 치르고 비석의 전면에 '청성산인(靑城山人) 권모(權某)의 묘'라고만 쓰라 했다.

56세에 관물당에서 일생을 마쳤다. 묘소는 경상북도 안동시 풍산읍 막곡리 청성서원(송암서원이 청성서원으로 개칭) 위쪽 마감산에 있다. 안동의 송암서원에 제향되었다.

작품으로는 경기체가 「독락팔곡」, 연시조 「한거십팔곡」이 있으며 저서로 『송암집』이 있다.

강호거사 권호문.

그는 바람처럼 달처럼 살다 갔다. 벼슬길로 나가야 하느냐 자연에 묻혀 살아야 하느냐에서 그는 자연을 선택했다. 한 길을 가는 데에 다르지 않으니 어떻게 살아가야 하는가가 그에게는 중요했다. 뜻있는 삶이 무엇인지를 되돌아보게 해 주는 시조이다.

관물당

경상북도 문화재자료 제31호, 경북 안동시 서후면 교리향교길 45−18(교리)

출처 : 문화재청

청성서원

경상북도 문화재자료 제33호, 경북 안동시 풍산읍 막곡리 159번지

출처 : 문화재청

이이(李珥)   1536(중종 31) ～ 1584(선조 17)

조선 중기의 유학자, 정치가로 우리나라의 18대 명현 중 한 명으로 문묘에 배향되었다. 문과에 아홉 차례 과거에 장원하여 '구도장원공'으로 불렸다. 기호학파의 대두로 이황과 함께 조선 성리학의 쌍벽을 이루었으며 「동호문답」, 「만언봉사」, 「시무육조」 등을 통해 조선 사회의 제도 개혁을 주장했다. 학문을 민생과 직결시키고 당쟁을 조정하고자 했다. 시조 「고산구곡가」가 있다.

34. 기호학파의 대두, 율곡

율곡이 3살 때의 일이다. 외할머니가 석류를 가지고 시를 지어보라고
하였다.

> "석류 껍질이 부서진 구슬을 싸고 있네"

석류를 부서진 구슬에 비유했다. 율곡이 4살 때 『사략』 초권을 배우면
서 스승이 잘못 읽은 문장을 바로잡았다는 이야기도 있다. 그의 천재성
은 이러했다.

율곡은 아명을 현룡이라고 했는데 어머니 사임당이 그를 낳기 전날
흑룡이 바다에서 침실 쪽으로 날아와 서려 있는 꿈을 꾸었다고 해서 붙
여진 이름이다. 그 산실은 몽룡실이라 하여 지금도 보존되고 있다.

율곡이 16세일 때 어머니 사임당이 돌아가셨다. 3년 시묘살이 후 금
강산에 들어갔다. 그 때문에 율곡은 평생 다른 당파의 비난을 받아야했
다. 조선시대에 사대부가 수도자 생활을 했다는 것은 용납될 수 없는 일
이기 때문이다.

오죽헌 몽룡실
보물 제165호, 강원도 강릉시 율곡로 3139번길 24(죽헌동)

1558년 봄 예안 도산의 이황을 방문했다. 여기에서 2, 3일 동안 퇴계의 가르침을 받았다. 이후 두 사람은 만나지는 못했으나 율곡은 35세나 연상인 퇴계를 스승처럼 받들었다. 편지를 주고받으며 학문적인 논쟁을 벌이는가 하면 벼슬길의 진퇴를 고민하기도 했다.

퇴계 2주년이 되는 1572년에 율곡이 지어 보낸 제문에 이런 말이 있다.

소자가 학문의 정로를 잃어, 눈이 어두워 방향을 잡지 못했습니다. 마치 사나운 말이 마구 달려가듯 가시밭길이 험난하였는데 회거개철(回車改轍, 가던 길 멈추고 수레를 돌림)하였음은 공께서 진실로 계발하여 주신 것입니다.[1]

---

1 김권섭, 『선비의 탄생』(다산초당, 2008), 173쪽.

고산구곡시화도 병풍

국보 제237호, 서울 종로구 인사동10길 17 동방화랑(관훈동)

출처 : 문화재청

그해 겨울 별시에서 장원으로 급제, 1564년 대과에서 문과의 초시·복시·전시에 모두 장원, 삼장장원했다. 생원시·진사시를 포함 아홉 차례 과거에 모두 장원하여 사람들은 '구도장원공(九度壯元公)'으로 불렸다.

1578년 해주 처가로 이거, 여기에서 「고산구곡가」를 지었다. 이 작품은 작자가 석담에서 고산구곡을 경영하여 은병정사(隱屛精舍)를 짓고 은거하면서 주희(朱熹)의 「무이도가(武夷櫂歌)」를 본떠서 지었다고 한다.

> 고산구곡담(高山九曲潭)을 사람이 모르더니
> 주모복거(誅茅卜居)하니 벗님네 다 오신다
> 어즈버 무이(武夷)를 상상(想像)하고 학주자(學朱子)를 하리라
>
> 사곡은 어드메오 송애(松崖)에 해 넘거다
> 담심암영(潭心巖影)은 온갖 빛이 잠겼어라

임천(林泉)이 깊도록 좋으니 흥을 겨워하노라

칠곡은 어드메오 풍암(楓巖)에 추색(秋色) 좋다
청상(淸霜)이 엷게 치니 절벽이 금수(錦繡)로다
한암(寒巖)에 혼자 앉아서 집을 잊고 있노라

위 시조는 「고산구곡가」 첫째, 다섯째, 여덟째 수이다.

고산은 황해도 해주에 있는 산이다. 구곡담은 이이가 42세에 이곳에 들어와 주자의 무이구곡(武夷九曲)을 본받아 고산구곡(高山九曲)에서 교육, 학문, 수양을 했던 곳이다.

고산구곡담을 사람들이 모르더라. 집을 지어 거처를 정했더니 벗님네들이 다 오신다. 아, 주자의 무이구곡을 상상하며 주자학을 하리라.

사곡은 어디멘가. 소나무 벼랑 아래 해가 진다. 연못에 비친 바위 그림자 온갖 빛이 잠겼어라. 자연이 깊을수록 좋으니 흥을 겨워 하노라.

칠곡은 어디멘가. 단풍 든 바위에 가을빛이 좋구나. 맑은 서리 엷게 내리니 절벽은 수놓은 비단이로다. 차가운 바위에 혼자 앉아 집을 잊고 있노라.

아침(1곡)에서 달밤(8곡)에 이르는 하루의 시간, 봄(2곡)에서 겨울(9곡)에 이르는 한 해의 질서를 시간의 흐름에 따라 순차적으로 배치하고 있다.

그의 「고산구곡가」는 즉물적·사실적인 아름다움, 순수 그 자체이다. 현실 자체에서 이념이 함께 구현된 그의 철학, 기발이승일도설(氣發理乘一途設)과 연관된다고 볼 수 있다. 이황의 「도산십이곡(陶山十二曲)」은 관념적·직설적이나 「고산구곡가」는 자연 그대로여서 담백한 묵화를 연상하게 한다.

율곡이 39세에 5, 6개월 정도 황해도 관찰사로 부임했고 또한 48세

고산구곡도 판화
서울특별시 문화재자료 제41호, 서울시 중랑구

출처 : 문화재청

때에는 명나라 사신을 맞이하는 일로 황해도를 방문한 적이 있었다. 이
때 황해도 황주 관아에 딸린 기생 유지와 가깝게 지냈다.

『율곡 전서』에 이런 사실이 기록되어 있다.

> 유지는 선비의 딸이다. 신분이 몰락하여 황주 기생으로 있더니, 내가
> 황해도 감사로 갔을 적에 어린 기녀로 수종을 들었는데 날씬한 몸매에
> 곱게 단장하여 얼굴은 맑고 두뇌는 영리하므로 내가 가련하게 여겼으나
> 처음부터 정욕의 뜻을 품은 것은 아니다. 그 뒤로 내가 중국 사신을 맞아
> 들이는 관리가 되어 평안도로 오고 갈 적에도, 유지는 언제나 안방에 있
> 었지만 일찍이 하루도 서로 몸을 가까이 하지는 않았다. 계미년(1583)가
> 을 내가 해주에서 황주로 누님을 뵈러 갈 때에도 유지를 데리고 여러 날

술잔을 함께 들었고 해주로 돌아올 때에 그녀는 조용히 절까지 나를 따라와 전송해 주었다. 그리고 이미 이별하였는데 내가 황해도 재령의 강촌에서 묵을 때였다. 밤에 어떤 이가 문을 두들기기로 나가보니 그녀였다. 마침내 불을 밝히고 이야기를 주고 받았다. 아! 기생이란 다만 뜨내기 사내들의 정이나 사랑하는 것이거늘, 누가 도의를 사모하는 자가 있을 줄이야! 게다가 받아들이지 않는 것을 보고도 부끄럽게 여기지 아니하고 도리어 감복하는 것은, 더욱 보기 어려운 일이다. 아깝다! 여자로서 천한 몸이 되어 고달프게 살아가다니…… 그래서 노래를 지어 사실을 적어 정에서 출발하여 예의에 그친 뜻을 알리는 것이니 보는 이들은 그렇게 짐작하시라.[2]

율곡은 몸을 가까이 하지 않은 것이 '도의'를 지키는 일이라고 생각했다. 유지는 율곡의 도의에 감복했다. 율곡은 이런 유지의 정신 세계를 아름답다고 여겼다. 그래서 유지에게 긴 시를 적어주었고 여기에 짧은 시 3수를 더 보탰다.

> 이쁘게도 태어났네 선녀로구나
> 10년을 서로 알아 익숙한 모습
> 돌 같은 사내기야 하겠냐마는
> 병들고 늙었기로 사절함일세
>
> 길가에 버린 꽃 아깝고 말고
> '운영이'처럼 '배향이'처럼 언제 만날꼬
> 둘이 같이 신선될 수 없는 일이라

---

2 앞의 책, 138~139쪽.
　『조선해어화사』에는 이렇게 쓰여 있다. 유지가 말했다. "공의 의로운 이름을 사람들이 모두 앙모하는데 하물며 방기라 해서 찾아오지 못합니까. 색을 보고도 무심하면 진실로 섬기기 어려우니 뒷날을 기약하기 어렵습니다.그래서 멀리서 왔습니다."

나누며 시나 써 주니 미안하구나

— 첫째 수와 셋째 수

율곡은 자신의 유지에 대한 사랑을 솔직하게 고백하고 있다.

문을 닫으면 인을 상할 것이요
동침을 한다면 의를 해칠 것이다.

유지가 찾아온 날 밤 율곡이 지었다는 시구이다. 인간적인 고뇌가 짙게 배어 있다.[3]

율곡은 이듬해에 사망했다. 이 소식을 들은 유지는 3년상을 치른 후 머리를 깎고 산속으로 들어가 여생을 보냈다.

김장생, 조헌, 박여룡과 같은 기라성 같은 80여 명의 제자를 두었고 우계 성혼, 송강 정철, 구봉 송익필과 따뜻한 외로움과 도타운 우의를 나누기도 했다.

율곡은 우계에게 편지 31통을 보냈고 13통의 편지를 받았다. 구봉에게는 편지 38통을 보냈고 22통의 편지를 받았다.

성혼이 율곡에게 편지를 보내 스승이 되어 달라고 간청을 한 것이 두 사람이 벗이 되게 된 동기였다.

언젠가 한 선비가 율곡을 찾아갔는데 율곡이 술에 취해 누워서 예를 갖추지 못했다. 그 선비가 율곡을 찾아간 것을 후회하고 돌와와 우계에게 자기가 겪은 일을 알렸다. 그러자 우계가 '이 친구는 결코 그럴 사람이 아니다. 필경 어떤 이유가 있을 것이다. 혹 그날 성상께서 궁궐에서 빚은 귀중한 술을 하사한 일이 있는지 모르겠다.' 하고는 사람을 보내 알아보게 했더니 정말로 그런 일이 있었다.

---

3 앞의 책, 141쪽.

이렇게 율곡과 우계는 서로 깊은 신뢰를 보여주고 있다. 율곡의 따뜻한 시도 있다. 율곡이 43세 되던 해 겨울에 소를 타고 우계를 찾아간 날을 기록한 듯 싶다.

한 해가 저물어 눈이 산에 가득한데
들길은 가늘게 교목 숲 사이로 갈렸구나
소 타고 어깨 들썩이며 어디를 가나
우계 물굽이에 미인을 그리워했다네
느지막이 사립문 두드리며 청초한 분 인사하곤
작은 방에 베옷 걸치고 방석에 앉았네
긴 밤 고요히 잠 못 이루고 앉았노라니
벽 위에 푸르른 등불만 깜박이네
반생에 슬픈 이별만 많아
산 너머 험한 세상길 다시금 생각하네
이야기 끝에 뒤치다보니 새벽달 울어
눈 들자 창문 가득 서릿달만 차가워라[4]

구봉 송익필이 율곡에 대해 노래한 시가 있다.

온갖 풀이 외로운 꽃 가리운다 하여도
그윽한 향기야 이에서 더하거나 덜할손가
흰 이슬은 한밤중에 내리고
맑은 바람은 밤낮으로 불어오네
곧은 마음 부질없이 스스로 지키면서
옆 사람이 알기를 허여하지 않았네[5]

시조로 보는 우리 문화

---

4 앞의 책, 148쪽.
5 앞의 책, 163쪽.

이이 율곡이 쓰던 벼루

왼쪽은 벼루 뒷면에 정조임금의 어필이 새겨져 있다. 어제각 보관

1788년 정조 임금은 율곡 선생이 쓴 『격몽요결』과 어렸을 때 사용하던 벼루를 직접 보고 격몽요결 서문과 벼루 뒷면에 글씨를 써서 돌려보내며 별도의 집을 지어 보관하도록 하였다.

「어제어필」

무원주자의 못에 적셔내어 / 공자의 도를 본받아 널리 베풂이여 /
율곡은 동천으로 돌아갔건만 / 구름은 먹에 뿌려 학문은 여기에 남아있구나.

풀은 세상 사람을 꽃은 율곡을 지칭하고 있다. 풀이 꽃을 가릴 수 있을지 몰라도 향기를 가릴 수는 없다. 율곡은 곧은 마음을 갖고 살았다. 이런 삶을 말하고 싶었을텐데 옆에 있는 사람에게 이를 알게 하는 것도 허여하지 않았다. 구봉이 율곡을 흠모하는 이유이다.

이황과 함께 조선 성리학의 쌍벽을 이루며 이황의 이기호발설(理氣互發設)에 대하여 기발이승일도설(氣發理乘一途設)을 주장했던 율곡 이이.

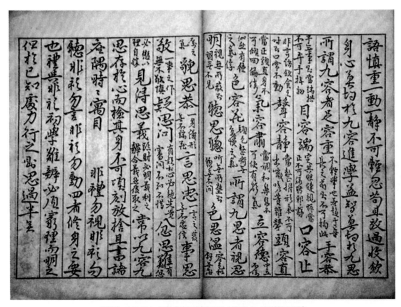

이이 수고본 격몽요결(李珥 手稿本 擊蒙要訣)
보물 제602호, 강원 강릉시 율곡로 3139번길 24 오죽헌시립박물관(죽헌동)

　율곡 이이(1536~1584) 선생이 42세 때인 선조 10년(1577) 관직을 떠나 해주에 있을 때 처음 글을 배우는 아동의 입문교재로 쓰기 위해 저술한 것이다. 이 책은 율곡이 직접 쓴 친필 원본으로 한지에 행서체로 단아하게 썼으며, 내용은 제1장 「입지」에서부터 「처세」의 항목으로 나누어 제10장으로 구성하여 서술하였다. 　　　출처 : 문화재청

　그는 학문을 민생과 직결시키고 당쟁을 조정하고자 하였으며 10만 양병설을 주장하고 대동법을 실시하고자 했다. 기호학파의 대두, 율곡. 이상과 현실을 조화시켜 한 시대를 바로잡고자 했으나 꿈을 이루지 못했다. 이황의 덕, 조식의 기절과 함께 이이의 재는 후세인들에 의해 등불로 이어져와 한 시대를 비춰주고 있다.

35. 서익의「녹초 청강상에 …」

서익(徐益)   1542(중종 37) ~ 1587(선조 20)

조선 전기의 문신으로 병조, 교리, 사인 등을 역임했고, 기절이 뛰어나 이이, 정철로부터 지우로 인정을 받았다. 의주목사 때 탄핵 받은 이이를 변호하다가 파직되었다. 육조방략으로써 북방을 선무하였으며, 12책을 올리는 등 군사 방면에서 다양한 건의를 하였다. 문집에『만죽헌집』이 있다.

35. 만죽정의 선비, 서익

서양갑은 서얼차대로 관리에 등용되지 못했다. 이에 불만을 품고 박응서, 심우영 등과 함께 강변칠우를 자처하며 소양강변에서 시주로 소일했다.

어느 날 조령에서 은상인을 살해하고 금품을 강탈하다 체포되었다. 목숨을 살려준다는 이이첨의 꾀임에 빠져 인목대비의 아버지 김제남 등과 모의해 영창대군을 옹립하려 했다는 허위진술을 했다. 이로 인해 영창대군, 김제남 등을 비롯한 많은 사람들이 참변을 당했다. 이를 계축화옥이라고 하며 이후 그도 처형되었다

서양갑이 바로 서익의 서자이다.

> 녹초청강상에 굴레 벗은 말이 되어
> 때때로 머리 들어 북향하여 우는 뜻은
> 석양이 재 넘어 감에 임자 그려 우노라

자신의 심정을 말에 기탁하여 읊은 연주지사이다.

초장은 푸른 풀 맑은 강을 벗하며 자유로이 사는 굴레 벗은 말이 되었다고 했다. 이는 벼슬을 잃고 야인이 되었다는 뜻이다. 중장은 때때로 머리를 들고 북향하여 운다고 했다. 이는 임금을 향한 간절한 그리움을 나타낸 것이다. 종장은 석양에 말이 임자를 그리며 운다고 했다. 임금의 은총을 간절히 바란다는 뜻이다.

벼슬에서 물러나 지은 것으로 보인다.

> 이 뫼를 헐어내어 저 바다를 메우면은
> 봉래산 고운 님을 걸어가도 보련마는
> 이 몸이 정위조 같아야 바자닐만 하노라

이도 연주지사의 시조이다. 자신의 심정을 정위조에 비유했다.

산을 헐어 바다를 메우고 싶다고 했다. 님에 대한 간절한 열망을 표현했다. 바다가 메워지면 봉래산에 있는 님을 만날 수 있다고 했다. 자신을 다시 불러주기를 애타게 기다리고 있다. 그러나 이 몸이 정위조 같아서 바다를 건너지 못하고 배회할 뿐이라고 했다. 님을 만나지 못하는 절망감을 표현하고 있다.

정위는 염제가 총애하는 딸이다. 어느 날 동해로 놀러갔다가 폭풍에 휩싸여 빠져 죽었는데 정위조로 환생했다. 이 새는 동해를 메우려는 생각으로 서산으로 날아가 돌과 나뭇가지를 물어다 바닷속에 던져넣기를 계속했다. '정위전해'라는 말이 있는데 불가능한 일을 헛되이 계속한다는 성어로 사용되고 있다.

『청구영언』에 두 수가 전하는데 둘 다 연주지사이다. 후자가 전자의 시조보다 절망감이 강하고 시간 배경이 다르다.

그는 두 번이나 파직되었다. 40살에 군수로 있다가 구휼을 잘못하여 파직당했고 44살에는 탄핵을 받은 이이를 변호하다 파직되었다.

만죽헌 선생 묘정비
행림서원 내

　의주목사 재직시 그는 이이의 영향을 받아 육조방략으로써 북방을 선무하였으며, 돌아와서는 12책을 올리는 등 군사 방면에서 다양한 건의를 하였다.

　문장, 도덕, 기절이 뛰어났으며 정철, 조헌, 고경명 등 저명한 기호 유현들과 깊은 교분을 가졌다. 은진현에서 취규재라는 서재를 열어 후학을 양성했으며, 고산에 대나무 만 그루를 심고 만죽정을 지어 호를 만죽헌이라고 했다.

　가야곡면 육곡리 행림서원에 배향되었다.

행림서원

문화재자료 제76호, 논산시 가야곡면 육곡리 420-1

서원 앞에 은행나무 두 그루가 있어 행림서원이라 이름지었다.

자료

『국립민속박물관』

『국립중앙박물관』

『국어국문학자료사전』

『국역국조인물고』

『국역대동야승』

『금계필담』

『네이버블로그』

『네이버지식백과』

『네이버캐스트』

『대전역사박물관』

『동가선』

『동문선』

『동아일보』

『두산백과』

『묘지명』

『성옹식소록』

『소수서원시립박물관』

『송도기이』

『송도인물지』

『숭양기구전』

『역사스페셜』

『연려실기술』

『영남일보』

『용재총화』

『조선왕조실록』

『주간한국문학신문』

『율곡전서』

『한국경제』

『한국민족문화대백과』

『해남시문』

『장흥타임스』

저서

강전섭 편저, 『황진이 연구』, 창학사, 1986.

김권섭, 『선비의 탄생』, 다산초당, 2008.

김동욱 역, 『수촌만록』, 아세아문화사, 2001.

김영곤, 『왕비열전』, 고려출판사, 1976,

김종권 역주, 송정민외 역, 『금계필담』, 1985.

금장태, 『율곡이이』, 지식과 교양, 2011.

다할편집실, 『한국사연표』, 다할미디어, 2003.

박을수, 『시화 사랑 그 그리움의 샘』, 아세아문화사, 1994.

박을수, 『한국시조대사전』, 아세아문화사, 1992.

송정민 외 역, 『금계필담』, 명문당, 2001.

신웅순, 『문학과 사랑』, 문경출판사, 2005.

신웅순, 『시조는 역사를 말한다』, 푸른사상, 2012.

신웅순, 『연모지정』, 푸른사상, 2013.

유몽인, 『어우야담』, 한국문화사, 1996.

이가원, 『이조명인 열전』, 을유문화사, 1965.

이광식, 『우리옛시조여행』, 가람기획, 2004.

이근호, 『이야기 왕조사』, 청아출판사, 2005.

이능화, 『조선해어화사』, 동문선, 1992.

이병권, 『조선왕조사』, 평단, 2008.

이선근, 『대한국사』, 신태양사, 1977.

이수광, 정해렴역, 『지봉유설정선』, 현대실학사, 2000.

이종건, 『한시가 있어 이야기가 있고』, 새문사, 2003.

이종호, 『화담 서경덕』, 일지사, 2004.

이찬욱 외, 『시조문학특강』, 경인문화사, 2013.

원주용, 『조선시대한시 읽기』, 한국학술정보, 2010.

임방, 김동욱 역, 『수촌만록』, 아세아문화사, 2001.

장덕순, 『이야기한국사』, 장덕순, 2007.

정광호, 『선비』, 눌와, 2003.

정병헌 · 이지영, 『고전문학의 향기를 찾아서』, 도서출판 돌베개, 1999.

정비석, 『명기열전』, 이우출판사, 1977.

정순욱, 『퇴계평전』, 지식산업사, 1987.

정옥자, 『우리선비』, 현암사, 2003.

정윤섭, 『해남문화유적』, 향지사, 1997.

정우락, 『남명과 이야기』, 경인문화, 2007.

정종대, 『옛시조와 시인』, 새문사, 2007.

표정훈, 『인물한국사』, 네이버 캐스트.

차용주 역주, 『시화 총림』, 아세아문화사, 2011

차주환 교주, 「시화와 만록」, 『한국고전문학대계 19』, 민중서관, 1966.

최범서, 『야사로 보는 조선의 역사 1』, 가람 기획, 2006.

하겸진 저, 기태완 · 진영미 역, 『동시화』, 아세아문화사, 1995.

허경진, 『한국의 한시 6』, 평민사, 2001.

황충기, 『기생 일화집』, 푸른사상, 2008.

시조로 보는 우리 문화

찾아보기

시조로 보는 우리 문화

시조로 보는 우리 문화

시조로 보는 우리 문화